Maude (125)

Creepy Harold — ♀ Vivienne (126)

nahmen keine Kinder bei sich auf

Tommy 43 ff.

Ellen

Cathy

Elias

REDRUM

144

Der Zwischenraum
1. Auflage
(Deutsche Erstausgabe)

Verleger: Michael Merhi
Lektorat: Melisa Schwermer
Korrektorat: Simon Kossov / Silvia Vogt
Umschlaggestaltung und Konzeption:
MIMO GRAPHICS unter Verwendung einer
Illustration von:
Thomas Kilian – Soulcatcher Photography

ISBN: 978-3-95957-540-9

E-Mail: merhi@gmx.net
www.redrum-verlag.de

YouTube: Michael Merhi Books
Facebook-Seite: REDRUM BOOKS
Facebook-Gruppe:
REDRUM BOOKS - Nichts für Pussys!

Stefanie Maucher

Der Zwischenraum

39,47
52,56

Von Mitzlaff 31.05.2021

CLB Lpz.

gel. Nacht zw. 5.-6.6.21
(Sa) (So)
vor dem 1. Pegasus am 7.6.21

Zum Buch:

Als Elias sich ein altes Haus kauft, ahnt er nicht, dass ihn diese Anschaffung Kopf und Kragen kosten wird. Voller Tatendrang zieht er ein und sein Glück scheint perfekt, als er sich in seine hübsche Nachbarin Cathy verliebt. Wären da nur nicht die seltsamen Geräusche, die ihn nachts wachhalten. Bald beschleicht ihn das Gefühl, dass er sich nicht allein in seinem Haus aufhält. Die Jagd nach dem unerwünschten Mitbewohner beginnt und eine Talfahrt nimmt ihren Lauf, die Elias nicht nur ins Krankenhaus, sondern wegen versuchten Totschlags ins Gefängnis bringt.

Leider ist Elias der Einzige, der daran glaubt, dass Tommy, der sich in den Eingeweiden seines Hauses versteckt hält, tatsächlich existiert und dieser die Schuld an allem trägt, was passiert ist. Wird es Elias gelingen, seine Unschuld zu beweisen?

Zur Autorin:

Hart, spannend und oftmals viel zu realitätsnah kriechen Stefanie Mauchers Geschichten unter die Haut ihrer Leser. Die 1976 in Stuttgart geborene Autorin liebt es, einen Blick in die tiefsten und dunkelsten menschlichen Abgründe zu werfen und schonungslos davon zu berichten, was sie dort findet. Die zweifache Mutter lebt heute im Osten Deutschlands, wo sie als Lektorin und Übersetzerin tätig ist, wenn sie nicht gerade an ihren eigenen Büchern schreibt.

Stefanie Maucher

Der Zwischenraum

Suspense-Thriller

Prolog

Der Junge warf einen raschen Blick über die Schulter, während er davonrannte.

»Komm sofort zurück ins Haus, du kleiner Scheißer, sonst drehe ich dir den Hals um! Hast du mich verstanden? Dir wird Hören und Sehen vergehen, wenn ich dich holen muss!«, brüllte der Mann hinter ihm her.

Panik überwältigte das Kind. Es fiel hin, schrammte sich das Knie auf und umklammerte es heulend. Schon war der Mann da und packte es am Haar, um es zurück ins Haus zu schleifen.

Er zerrte den Jungen, der um Hilfe schrie, über die Stufen hinauf zur Veranda, wo er ihn losließ, um ihm mit seinen schweren Stiefeln in den Magen zu treten. Nein, er war nicht gerade in gnädiger Stimmung.

Der Junge schnappte keuchend nach Luft, dann wurde er ohnmächtig. Sein letzter Blick, bevor es Nacht um ihn wurde, fiel auf das Mädchen auf der anderen Straßenseite, welches diese Szene entsetzt beobachtete.

Kapitel 1

Die hässliche limettengrüne Farbe, mit der die Fassade nur zur Straßenseite hin gestrichen wurde, blätterte bereits ab. Sie konnte nicht länger verbergen, dass das 1930 erbaute Haus stark renovierungsbedürftig war. Die alten Fenster waren an vielen Stellen gesprungen und im Erdgeschoss mit Brettern vernagelt, um Vandalen abzuhalten. Und die alte, hölzerne Tür sah aus als würde sie nach dem Lack dürsten, den man schon vor dreißig Jahren hätte auftragen müssen. Eine leichte Brise, die von Ost nach West wehte, fuhr durch das hohe Gras des Vorgartens. Es neigte sich so zum gepflegten Rasen des Nachbarn, dass es aussah, als würde ein Kind eine neue Sorte Eiscreme testen – Zunge raus, schnell anlecken und dann hastig wieder zurückziehen, um den unbekannten Geschmack erst mal zu kosten.

Als er das heruntergekommene Gebäude vor sich betrachtete, sah Elias Holloway unermessliches Potenzial – zu einem Preis, den er sich leisten konnte. Das Haus war frei stehend, hatte einen großen Garten und stand in einer der besseren Gegenden von San Diego, Kalifornien, wohin es ihn vor ein paar Jahren verschlagen hatte. La Jolla Shores lag unweit des Strandes, den man von hier aus zwar nicht sehen konnte, doch das Salz des Meeres lag in der Luft. Die umstehenden Häuser waren alle in besserem Zustand und gut und gern 400.000 Dollar wert, wohingegen der Preis seines zukünftigen Heims unter 200.000 gelegen hatte. Ursprünglich war es für über 300.000 angeboten worden, doch im Laufe der letzten Monate, mit dem Ausbleiben von Interessenten, war der Preis kontinuierlich gesunken. Der vorherige Besitzer war im vergangenen Jahr verstorben, nachdem er lange gegen den Krebs angekämpft hatte, der seine Leber zerfraß. Vererbt hatte er das Haus seiner Schwester, die weit über sechzig war, am anderen Ende des Landes wohnte und eigene Probleme zu bewältigen hatte. Also hatten sie den Verkauf des Hauses am Telefon abgewickelt, unterstützt von einem alkoholkranken Immobilienmakler namens Cliff Manson, was Elias auf schaurige Art an den Massenmörder mit gleichem Nachnamen denken ließ.

Elias entfernte die Werbetafel, die in der Wiese steckte, und warf sie ins hohe Gras. Wenig Aufwand und etwas, was er schon vor Wochen hätte tun können, doch er war zu sehr mit anderen Dingen beschäftigt gewesen. Nun gönnte er sich einen Moment, bevor die Schufterei wieder losgehen würde, und setzte sich unter den alten Apfelbaum, der ihm Schatten spendete. Er ließ seinen Blick schweifen und stellte sich vor, wie er diesen Garten langfristig in ein Paradies verwandeln würde.

Hier und da erkannte er Maulwurfshügel, die zwischen den hohen Halmen kaum auffielen, und Elias dachte: *Der Rasen – wenn man dieses Gestrüpp noch so nennen möchte – muss unbedingt gemäht werden. Und gegen die Maulwürfe werde ich etwas unternehmen müssen.* Obwohl er in Gedanken das Wort ›unbedingt‹ anfügte, was eine gewisse Dringlichkeit suggerierte, hatte er nicht vor, den rostigen Rasenmäher des Vorbesitzers aus der Garage zu holen und die Sache in Angriff zu nehmen. Drinnen warteten genug wichtigere Aufgaben auf ihn.

Als Elias das Haus entdeckte, hatte er sein Mobiltelefon gezückt und sofort die verblassende Nummer von der gerade entfernten Werbetafel im Vorgarten gewählt. Neben dem Umstand, dass das Haus zu verkaufen war, verriet sie auch, dass der Makler vor einiger Zeit einen Garagenverkauf veranstaltet hatte, um das Interieur loszuschlagen. Gewöhnlich ging Cliff Manson nicht vor dem Nachmittag ans Telefon, doch an diesem Tag hatte er es irgendwie geschafft, sein Frühstücksbier beiseite zu stellen und Elias' Anruf entgegenzunehmen. Nach einer zehnminütigen Unterhaltung hatten sie sich für den nächsten Tag verabredet.

Obwohl er erst Mitte zwanzig war, hatte Elias es geschafft, knapp 20.000 Dollar zusammenzusparen.

Die gesamten viereinhalb Jahre auf dem College, hatte er nebenbei gearbeitet und direkt danach eine Vollzeitstelle bei einem lokalen Fernsehsender angenommen, wo er den größten Teil des Tages Anrufe beantwortete. Nach drei Monaten hatte sich dann die Gelegenheit geboten, zum Creative Project Manager aufzusteigen und Elias nutzte sie. Die Bezahlung war besser und die Arbeitszeiten kamen ihm auch entgegen. Nachdem er sich mit seinem Job beim Fernsehen wohl und finanziell auf der sicheren Seite fühlte, hatte er sich auf die Suche nach seinem ersten eigenen Haus begeben.

Seine Eltern unterstützten diese Idee und hatten ihm geraten, Ausschau nach einem renovierungsbedürftigen Objekt in guter Lage zu halten. Ein sogenanntes *Fixer Upper*, aus dem er einen ansehnlichen Profit schlagen konnte, wenn er es herrichten und eines Tages verkaufen würde.

Nur zwei Wochen später war er über diese limettengrüne Scheußlichkeit gestolpert, die nun ihm gehörte.

Bei ihrem Treffen am nächsten Tag, war es offensichtlich, dass Cliff Manson ordentlich einen sitzen hatte. Seine 150 Kilo lehnten an einer alten Schrottkarre, von welcher der Lack ebenso abblätterte wie von Elias' künftigem Eigenheim. Als Cliff ihn sah, warf er hastig eine braune Papiertüte, in der sich zweifellos eine Schnapsflasche befand, durchs

Fahrerfenster ins Wageninnere. Dann rieb er sich den Schweiß mit dem Handrücken von der Stirn und fuhr sich durch die fettigen Haare, die aussahen, als hätte er sie einen Monat oder länger nicht mehr gewaschen, bevor er ihm die Hand reichte.

Elias schüttelte sie, wobei er seinen aufsteigenden Ekel höflich zu verbergen versuchte. Danach wischte er sich schnell die Hand am Hosenboden ab, um Cliffs Schweiß loszuwerden.

Als sie das Haus betraten, wurde Elias klar, weshalb es sich bisher nicht verkauft hatte. Ein ekelhafter, säuerlicher Gestank raubte einem beinahe den Atem. Er traf das Gesicht mit solcher Wucht und penetrierte die Atemwege, dass Elias Mühe hatte, nicht zu kotzen.

Nach einem kurzen, trockenen Husten hatte zumindest Cliff sich scheinbar an den entsetzlichen Gestank gewöhnt. Der Makler ging mit raschen, aber leicht schwankenden Schritten auf die erste der Türen zu, die vom Flur abführte.

»Worauf warten Sie? Kommen Sie rein! Keine Sorge, wenn man hier einmal kurz durchlüftet, riecht es kein bisschen mehr«, forderte er Elias auf, ihm zu folgen.

Methodisch führte Cliff ihn durch das Haus.

Überall lag Müll. Darunter etliche leere Konservendosen, von denen eine in dem, was wohl einst das Wohnzimmer war, auf einer Kiste stand, mit einem umgedrehten Eimer davor, als wäre die Kiste ein Tisch und der Eimer ein Stuhl. Bestimmt hatte sich ein Penner hier eingenistet, der jedoch längst auf den nächstbesten Güterzug aufgesprungen war, denn seine Hinterlassenschaften wirkten nicht neu oder als würden sie erst seit gestern herumliegen.

Als Elias die Treppe nach oben stieg, war Cliff dicht hinter ihm. Sein Schnaufen verriet, wie schwer es dem übergewichtigen Makler fiel, seine körperliche Masse die Stufen hinaufzubewegen. Er ächzte und stöhnte wie eine alte Dampflok.

Cliff stolperte. Noch ehe er das Wort ›Shit‹ herausgebracht hatte, kegelte er den potenziellen Käufer auch schon um. Wie eine menschliche Abrissbirne traf er den Rücken von Elias, der ungebremst nach vorn fiel und sich das Kinn an der obersten Treppenstufe aufschlug.

»Sorry, Mann«, stammelte Cliff, der ihm helfend die verschwitzte Hand entgegenstreckte. »War keine Absicht!«

»Schon gut, ist nur ein Kratzer«, entgegnete Elias, der sich hochrappelte, ohne die Hilfestellung in Anspruch zu nehmen – und ohne zu ahnen, dass dies zwar sein erster, doch nicht sein letzter schicksalhafter Zusammenstoß mit diesen Stufen sein sollte.

Am Ende der Führung, die einige Großbaustellen und eine Menge Dreck offenbart hatte, machte Elias sein Angebot. Dabei ging er taktisch vor: »Sagen Sie der Besitzerin, wenn sie mit dem Preis auf 170.000 runtergeht, kaufe ich ihr die Bruchbude ab.«

Elias konnte zusehen, wie Cliff Mansons Gesichtszüge entgleisten.

»Ähm«, sagte der, »das Haus wird bereits weit unterm Marktwert angeboten. Ich denke nicht, dass die Besitzerin bezüglich des Preises noch mit sich handeln lässt. Aber sicherlich hat sie nichts dagegen, wenn Sie das verbliebene Mobiliar …«

Elias, der wusste, dass er dieses Haus wollte und zur Not auch mehr als das Angebotene bezahlen würde, winkte ab. Scheinbar desinteressiert zuckte er mit den Schultern und entgegnete: »Gut, dann eben nicht. Seien wir ehrlich: Das Mobiliar hat höchstens Schrottwert und dieses Haus ist eine Müllhalde. Man wird eine Menge Zeit und Geld investieren müssen, um es überhaupt wieder bewohnbar zu machen. Das wird Monate dauern. Von den größeren Reparaturen ganz zu schweigen. Ich glaube nicht, dass sich so schnell ein anderer findet, der sich diese Arbeit aufhalsen möchte. Also machen wir es doch einfach so: Sie unterbreiten der Besitzerin mein Angebot und sollte sie interessiert sein, dann rufen Sie mich an. Meine Handynummer haben Sie ja.«

Cliff runzelte die Stirn. Er wusste, dass Elias recht hatte. Dennoch: Ein geringerer Kaufpreis bedeutete eine geringere Provision. Und das schmeckte ihm überhaupt nicht.

In den nächsten drei Tagen meldete sich Cliff immer wieder bei Elias und rief jedes Mal einen neuen Preis auf, der nur geringfügig niedriger als der vorangegangene war. Elias lehnte jedes Mal ab. Und am Ende, weil er eisern geblieben war, bekam er das Haus zum offerierten Spottpreis.

Nun war er stolzer Besitzer seines ersten Eigenheims.

Einen Monat werkelte er bereits daran herum, nach der Arbeit und an den Wochenenden. Er hatte Wasser und Strom angemeldet, den Müll rausgeschafft und eine gefühlte Ewigkeit damit verbracht, die Böden zu schrubben und notwendige Kleinreparaturen vorzunehmen, wie zum Beispiel die Toilettenspülung zu reparieren, die sich, einmal in Gang gesetzt, nicht mehr abstellen ließ. Ein paar der zersprungenen Fenster hatte er von einem Glaser ersetzen lassen, den Rest der Arbeiten jedoch selbst erledigt, nicht zuletzt, um Kosten zu sparen. Während dieser Zeit hatte er sein Appartement in der Stadt behalten, doch nun, nach vier arbeitsreichen Wochen, war es endlich so weit: Elias wollte die erste Nacht in seinem neuen Zuhause verbringen.

Kapitel 2

Seine erste Nacht war alles andere als erholsam. Überall im Gebälk knackte es und die ungewohnten Geräusche machten es ihm schwer, in den Schlaf zu finden. Ein Sturm, der vom Meer gekommen war und ums Haus pfiff, machte die Sache nicht besser. Hinzu kam der säuerliche Geruch, der sich trotz seiner Putzaktionen hartnäckig in den Räumen hielt. Entgegen der Versicherung von Cliff Manson, dass einmal durchlüften reichen würde, ließ er sich einfach nicht vertreiben. Elias konnte sich beim besten Willen nicht an ihn gewöhnen, weshalb er sich schwor, die Bude am darauffolgenden Tag nochmals gründlich zu wischen.

Am nächsten Tag raste Elias nach der Arbeit nach Hause und begann sofort mit dem Reinigungsprozess. Er schüttete eine ganze Flasche Reinigungsmittel in einen Eimer und verdünnte es nur spärlich mit Wasser, nahm den Wischmopp in die Hand und schrubbte den Boden ein weiteres Mal äußerst gründlich. Die Böden im Haus bestanden überwiegend aus Holz, doch im ersten Stock war ein alter, schmuddeliger Teppichboden verlegt, den Elias wohl rausreißen und ersetzen musste.

Er putzte bis in die späten Abendstunden und dachte dann darüber nach, den Teppich noch in dieser Nacht zu entfernen, verschob das Vorhaben jedoch, weil er dringend Schlaf brauchte. Nachdem er sich rasch die Zähne geputzt hatte, ließ er sich in sein Bett fallen und schlief sofort ein.

Mitten in der Nacht schreckte er aus dem Schlaf, mit wild klopfendem Herzen. Elias lauschte in die Dunkelheit. Alles blieb ruhig. Hatte er schlecht geträumt? Nein, sein Traum hatte von seinem Vater gehandelt, mit dem er Fischen war. Was also war es, das ihn geweckt und beunruhigt hatte? Er hatte wohl so tief geschlafen, dass er gar nicht sagen konnte, was ihn gestört hatte. Also ließ er den Kopf zurück auf sein Kissen sinken und dämmerte langsam wieder ein.

Gerade, als der Schlaf wieder über ihn hereinbrach und sich ein neuer Traum in seinem Kopf formte, ertönte ein lautes Geräusch, das schlagartig alle Müdigkeit vertrieb. Es war von draußen gekommen. Binnen einer Sekunde sprang er aus dem Bett und eilte ans Fenster, von dem aus er den Garten überblicken konnte. Dank des hellen Mondscheins hatte er keine Schwierigkeiten, etwas zu erkennen. Aber da war nichts. Trotzdem brachte ihn eine Mischung aus Nervosität, Angst und Neugier dazu, noch mehrere Minuten stehen zu bleiben und hinaus in die Dunkelheit zu spähen.

Da es anscheinend nichts zu sehen gab, beschloss Elias, dass er noch etwas Schlaf bräuchte und kroch zurück in sein Bett. Er war dabei, sich zuzudecken, als ein weiterer lauter Schlag ertönte. Obwohl er endgültig hellwach war, vermochte er nicht zu sagen, was dieses Geräusch verursacht haben könnte. Zuvor war er sicher gewesen, es wäre von draußen gekommen, doch nun hatte es geklungen als käme es von drinnen. War jemand im Haus?

Vor ein paar Jahren hatte er sich eine Waffe zugelegt, nachdem Gangaktivitäten in seiner alten Wohngegend stark zugenommen hatten. Eines der noch recht jungen Gangmitglieder warf ihm auf dem Nachhauseweg eine Flasche an den Kopf, obwohl es keinerlei Grund dafür gab. Glücklicherweise hatte der Bengel schlecht gezielt und Elias war unverletzt geblieben. Außer sich vor Wut, hatte er sich den Kleinen geschnappt, ihn auf den Boden gedrückt und ihn mit einem Schlag seines Ellenbogens außer Gefecht gesetzt. Das war auch schon das Ende des Kampfes gewesen, doch Elias hatte danach die Rache anderer Gangmitglieder gefürchtet und sich zum Schutz einen kleinkalibrigen Revolver gekauft. Der Gegenschlag war nie gekommen – was Elias zu der Vermutung gebracht hatte, dem Bengel wäre die Niederlage zu peinlich gewesen, um seinen Freunden von diesem Kampf zu berichten –, doch den Revolver besaß er immer noch.

Nun durchwühlte er hektisch die Kisten, die neben seinem Bett standen. In einer davon musste das verdammte Teil doch sein! Endlich wurde er fündig. Noch während er dabei war, mit vor Aufregung zitternden Fingern Munition in die Trommel zu schieben, ertönten zwei weitere laute Schläge im Haus. Diesmal war Elias sich sicher, dass sie von drinnen gekommen waren.

Er trat langsam hinaus auf den Flur, die Waffe in der Hand. Im Flur war nichts zu sehen. Leise schlich er zu den beiden anderen Schlafzimmern im Obergeschoss und warf einen Blick in jedes. Weil er dort nicht fündig wurde, bewegte er sich, so geräuschlos es nur ging, die Treppe hinunter, um auch die restlichen Räume des Hauses zu durchsuchen.

Während seiner ergebnislosen Suche überprüfte er auch die Türen, nur um festzustellen, dass sowohl die Haus- als auch die Hintertür noch immer verschlossen waren. Spuren eines Einbruchs fand er nicht.

Letztendlich ging Elias zurück zur Treppe und setzte sich dort abwartend auf die unterste Stufe. Minuten vergingen, quälend langsam. Alles blieb still. Da nichts weiter geschah, stand er schließlich auf, seufzte und ging nach oben.

Auf der vorletzten Stufe knackte das morsche Holz unter seinem Gewicht. Irritiert sah Elias nach unten und erkannte, dass sie gebrochen war und er Glück gehabt hatte, nicht durchzubrechen. Er fügte der Liste der Dinge, die er reparieren musste, einen weiteren Punkt hinzu.

»Auch das noch!«, schimpfte er vor sich hin.

Als Antwort ertönte ein leises Lachen, kaum hörbar.

Elias erstarrte. Mit angehaltenem Atem lauschte er, doch das Geräusch war nicht mehr da. War es das überhaupt gewesen? Unwillig schüttelte er den Kopf und sagte sich, dass er es sich nur eingebildet haben musste. Die letzten Wochen waren anstrengend gewesen, er war müde und sein Verstand überreizt.

In seinem Schlafzimmer angekommen, stellte er mit einem Blick auf die Anzeige des Radioweckers fest, dass ihm nur noch eine Stunde blieb, bis er aufstehen und sich für die Arbeit fertig machen musste, weshalb er beschloss, direkt wachzubleiben und sich lieber gleich einen Kaffee zu kochen. Er würde etwas früher zur Arbeit gehen, vielleicht konnte er dann auch zeitiger Feierabend machen.

junge Frau – Cathy

Kapitel 3

Der Tag zog sich endlos. Elias war so hundemüde, dass er sich kaum auf die Arbeit konzentrieren konnte. Um kurz nach drei entschied er, dass er für heute genug getan hatte und machte sich auf den Weg nach Hause. Als er dort ankam, ließ er sich direkt aufs Sofa fallen und schlief sofort ein.

Um kurz nach fünf riss ihn ein lautes Klopfen aus dem Schlaf. Einerseits war er irritiert, so aus dem Tiefschlaf gerissen zu werden, andererseits froh, wach geworden zu sein, denn so konnte er etwas zu Abend essen und vielleicht noch ein paar Kleinigkeiten am Haus machen.

Es klopfte erneut. Er erwartete niemanden und vermutete, dass irgendein Vertreter ihm etwas andrehen wollte.

Als er die Tür öffnete, war er positiv überrascht. Anstelle des vermeintlichen Vertreters blickte ihm eine hübsche junge Frau entgegen, die einen Teller voller Kekse in der Hand hielt. Ihre Haut war leicht gebräunt und ihre Augen unglaublich blau. Während sie ihr braunes Haar über die Schulter zurückwarf, teilten sich ihre vollen Lippen zu einem Lächeln, das makellose, strahlend weiße Zähne offenbarte.

Sie streckte ihm den Teller mit den Keksen entgegen und sagte: »Tut mir leid, dass ich so penetrant geklopft habe, aber ich hatte es schon ein paarmal probiert. Haben Sie wohl nicht gehört.«

Elias nahm ihr den Teller ab, trat zur Seite und machte mit der freien Hand eine einladende Geste. »Nein, das habe ich tatsächlich nicht gehört. Das tut mir leid. Möchten Sie reinkommen?«

»Gern«, entgegnete sie und bot ihm die Hand an. »Ich bin Catherine. Catherine Carter, ihre Nachbarin von gegenüber. Aber alle nennen mich Cathy. Und Sie sind …«

»Elias Holloway«, sagte er und schüttelte folgsam ihre Hand, wobei sein Blick über ihre schier endlosen Beine nach oben wanderte, wo er ungebührlich lange auf ihrer Brust verharrte. Erst als sie seine Hand losließ und einen Schritt zurückwich, realisierte er, wie unhöflich er sie anstarrte. Etwas beschämt über das eigene Verhalten führte er sie schnell ins Wohnzimmer, wo er ihr einen Platz auf dem Sofa anbot.

Sie dankte ihm mit einem Lächeln, setzte sich und sagte: »Es tut mir leid, dass ich nicht schon früher rübergekommen bin. Sie wohnen schon ein paar Wochen hier, richtig?«

»Nicht wirklich«, entgegnete er, setzte sich ebenfalls und bot ihr einen ihrer Kekse an, bevor er den Teller auf dem Tisch abstellte und sich selbst einen nahm. »Richtig eingezogen bin ich erst vorgestern. Ich habe die letzten Wochen noch in meiner alten

Wohnung geschlafen, während ich hier erst mal etwas klar Schiff gemacht habe. Sie können sich nicht vorstellen, wie es hier aussah …«

Sie griff nach einem der Kekse, biss ab und sagte kauend: »Doch, kann ich. Zumindest habe ich eine ungefähre Vorstellung davon. Auf jeden Fall bin ich froh, dass ich jetzt einen neuen und noch dazu so netten Nachbarn habe. Der Typ, der vor Ihnen hier gewohnt hat, war ein Idiot.«

Elias hob die Augenbrauen. »Ach, echt? Was hat er getan?«

»Nun, Creepy Harold – das ist mein Spitzname für ihn – war nicht gerade ein angenehmer Zeitgenosse. Er schrie die Nachbarskinder immer an, weil er nicht wollte, dass sie seinem Grundstück zu nahekommen. Mich hat er auch ein paarmal angebrüllt, obwohl ich nicht mal auf dem Gehweg vor seinem Haus, sondern auf der anderen Straßenseite war. Was ich tat, ging ihn rein gar nichts an. Meine Eltern wollten mir erst gar nicht glauben, als ich ihnen davon erzählt habe. Wir sind hierhergezogen, als ich neun oder zehn war. Aber eines Tages hörte auch meine Mutter, wie er mich anbrüllte …«

»Wie hat sie reagiert?«

»Überhaupt nicht. Meine Mutter war ziemlich zurückhaltend. Aber sie hat meinem Dad am Abend davon erzählt. Der hat zunächst auch nichts unternommen, vielleicht weil er sich dachte, ich hätte bestimmt irgendwas angestellt. Irgendwann mal hat er selbst mitbekommen, wie Creepy Harold mich rundlaufen ließ. Dann ist er zu ihm rüber und hat ihm ein paar Takte erzählt.«

»Gut.« Elias nickte.

»Das ist aber nicht der einzige Grund, weshalb ich ihn nicht leiden konnte. Es gab da einen Jungen, der bei ihm lebte. Meine Eltern sagten, er wäre nicht Harolds leiblicher Sohn. Damals, als er noch verheiratet war, haben er und seine Frau sich etwas Geld dazuverdient, indem sie Pflegekinder bei sich wohnen ließen, lange bevor wir hierherzogen. Als wir hier ankamen, hatte er keine Frau und keine Pflegekinder mehr, mit Ausnahme von diesem einen Jungen.«

Elias hielt ihr abermals den Teller hin, doch einen weiteren Keks lehnte sie ab. Er biss von seinem ab.

»Die Nachbarskinder und ich haben nur selten mit ihm gespielt, aber nicht, weil wir ihn nicht leiden konnten. Dieser Junge durfte so gut wie nie aus dem Haus«, fuhr sie fort. »Und wenn er unerlaubter Weise doch mal rauskam, war Creepy Harold sofort hinter ihm her. Er hat ihn geschlagen und es hat ihn überhaupt nicht gekümmert, ob andere Leute etwas davon mitbekommen. Einmal habe ich gesehen, wie der Junge hinfiel und Harold ihm gegen den Kopf getreten hat. Eine ganze Weile rührte das Kind sich nicht mehr, bevor es aufstand und sich zurück ins

Haus schleppte. Ich habe meinen Eltern davon erzählt und die haben das Jugendamt informiert.«

»Und die haben den Jungen dann mitgenommen?«

»Nein.« Cathy schüttelte den Kopf. »Der Junge – sein Name war Tommy – muss ihnen wohl gesagt haben, dass alles in Ordnung wäre. Ich schätze, die vom Jugendamt wollten ihm glauben, dass er nicht in unmittelbarer Gefahr schwebte. Aber es war das letzte Mal, dass ich sah, wie er von Harold geschlagen wurde.«

»Was ist aus Tommy geworden?«

»Keine Ahnung. Ist lange her, das Ganze. Langfristig haben sie wohl doch was anderes für ihn gesucht. Kurz nachdem das Jugendamt bei Creepy Harold war, verschwand Tommy plötzlich. Vielleicht hatte er Glück und wurde adoptiert oder so. Auf jeden Fall habe ich ihn nie wiedergesehen.«

»Wie alt sind Sie?«, fragte Elias. Dann setzte er mutig hinzu: »Oder sollen wir einfach du zueinander sagen?«

Cathy grinste breit und nickte. »Ja, ist mir recht! Ich bin dreiundzwanzig. Bis vor ’ner Weile bin ich aufs College gegangen, hab meinen Abschluss aber nicht gemacht. Meine Eltern sind vor zwei Jahren bei einem Unfall ums Leben gekommen. Das hat mich ziemlich aus der Bahn geworfen.«

Sie senkte den Blick und wurde still. Elias konnte sehen, dass sich Tränen in ihren Augen sammelten, gegen die sie heftig anblinzelte. Auch er zog ein betroffenes Gesicht und wusste nicht so recht, was er dazu sagen sollte. Bewegt von ihren Tränen, griff er schließlich nach ihrer Hand, drückte sie sanft und meinte: »Das tut mir wahnsinnig leid für dich! Ich wüsste nicht, was ich täte, wenn meine Eltern …«

Sie erwiderte den Druck. »Ich danke dir. Es war härter, als ich beschreiben kann. Ich habe sie sehr geliebt.«

Ein stiller Moment verging, in dem sie sich sammelte. Dann sagte sie: »Zumindest kann ich dankbar sein, dass sie das Haus, das sie mir vererbt haben, schon vor Jahren abbezahlt hatten. Also konnte ich hier wohnen bleiben und alles, worum ich mir Gedanken machen muss, ist die Grundsteuer, die in dieser Gegend glücklicherweise lächerlich gering ist. Und natürlich die laufenden Kosten. Aber ich komme zurecht. Nachdem ich das College verlassen hatte, habe ich eine Firma gegründet, die ganz gut läuft. Zu gut, um die Arbeit niederzulegen und zurück zur Uni zu gehen.«

»Wow, das ist fantastisch! Was genau machst du?«

»Ich kann ganz gut mit Computern umgehen und hatte das Glück, zur richtigen Zeit am richtigen Ort zu sein und die richtigen Leute kennenzulernen. Ich bin zur passenden Zeit an ein größeres Biotech-Unternehmen herangetreten und nun für deren gesamten IT-Kram zuständig. Darunter fällt auch der Internetauftritt. Aufgrund der Arbeit, die ich für diese Firma gemacht habe, gelang es mir dann, neue Klienten an Land zu ziehen. Inzwischen sind es über dreißig Firmen, deren Seiten ich betreue. Davon kann man ganz gut leben. Und das Beste ist: Ich muss dazu nicht mal das Haus verlassen.«

»Stark«, zeigte Elias sich beeindruckt. »Du bist noch so jung und schon so weit gekommen. Schön, intelligent und erfolgreich. Möchtest du mich heiraten?« Natürlich hatte er das scherzhaft gemeint, doch dessen schien sie sich nicht so ganz sicher zu sein. Sie lachte verlegen und wurde rot. Also setzte er schnell hinzu: »Tut mir leid, wenn das irgendwie falsch rüberkam. Das sollte ein Witz sein.«

Sie wirkte erleichtert und kicherte leise.

»Dass du schön und intelligent bist, war aber ernst gemeint.«

Wieder war sie etwas peinlich berührt, doch sie sagte: »Es ist immer toll, das gesagt zu bekommen. Aber du siehst doch selbst nicht schlecht aus.«

Ihre Blicke trafen sich kurz, dann schaute sie schnell weg in Richtung Fenster.

Elias fand Cathy faszinierend und sie unterhielten sich angeregt. Während der nächsten Stunden machte er sogar eine Kleinigkeit zum Abendessen und sie lehnte nicht ab, als er ihr Wein dazu anbot. Um kurz vor zehn, als Elias' nicht mehr unterdrückbares Gähnen ihr das Startsignal gab, bedankte sie sich für die Gastfreundschaft und ging heim.

Elias war absolut reif fürs Bett und es dauerte nur wenige Minuten, bis er darin lag, aber doch eine ganze Weile, bis er einschlafen konnte. Er musste ununterbrochen an Cathy denken.

Kapitel 4

Während der nächsten drei Stunden war Elias' Kopf mit Träumen gefüllt, die von intensiver sexueller Natur waren und in denen Cathy die Hauptrolle spielte. Bis er um ein Uhr in der Nacht erneut von den seltsamen Geräuschen aus dem Schlaf gerissen wurde. Der initiale Schreck sorgte dafür, dass Elias aufrecht im Bett saß.

Irritiert stellte er fest, dass sich die Decke in der Schrittgegend wie ein Zelt ausgebeult hatte. Mit noch geschwollener Männlichkeit stand er auf, um seine Waffe zu holen und nachzusehen, wer oder was für die neuerliche nächtliche Ruhestörung verantwortlich war.

Mit der Pistole in der Hand setzte er sich auf den Rand seines Bettes und wartete auf das Wiederkehren des Geräuschs, das ihn geweckt hatte. Zehn Minuten später hörte er einen lauten Schlag. Elias war sicher, dass dieser nicht von oben zu ihm herabgedrungen war. Nein, er kam nicht vom Dachboden, sondern hatte geklungen, als wäre er aus dem Erdgeschoss gekommen.

Er sprang auf und, statt wie in der Nacht zuvor durchs Haus zu schleichen, spurtete die Stufen nach unten. Als er den Fuß der Treppe erreicht hatte, wusste er nicht, in welche Richtung er sich wenden sollte. Also wartete er kurz und lauschte nochmals, bevor er quer durchs gesamte Erdgeschoss rannte und dabei laut fluchte und brüllte, um den Störenfried zu vertreiben – wer auch immer dieser Jemand war, der ihn um den Schlaf brachte.

Zehn Minuten später, erschöpft und mit heiserer Kehle, schleppte er sich die Treppe wieder hoch. Als er die beschädigte vorletzte Stufe erreicht hatte, die bedrohlich unter seinem Gewicht ächzte, nahm er sich vor, sie am nächsten Tag gleich nach der Arbeit zu reparieren. Sonst würde er am Ende womöglich noch durch- und sich den Hals brechen.

Kaum im Bett angekommen, hörte er das Geräusch ein weiteres Mal. Völlig übermüdet begann Elias, seine bisherigen Ansichten über Geister über Bord zu werfen. Hatte er bisher immer geglaubt, es gäbe sie nicht, zog er ihre Existenz allmählich in Betracht, da er trotz mehrmaliger Suche nichts und niemanden gefunden hatte, der als Verursacher der seltsamen Geräuschkulisse infrage kam.

Die Angst hielt ihn noch eine Weile wach, doch schließlich fiel er in einen tiefen Schlaf. Erst um sechs Uhr morgens wurde er erneut aus seinen Träumen gerissen, vom Schrillen des Weckers. Elias rieb sich die Augen, stand auf und tapste ins Badezimmer, um zu duschen und sich die Zähne zu putzen. Im Stillen war er dankbar dafür, dass er zumindest ein wenig Schlaf bekommen hatte und weitere nächtliche Störungen ausgeblieben waren. Im Anschluss verleibte er sich noch schnell eine Schale Müsli ein und machte sich dann auf den Weg zur Arbeit.

Nach einem produktiveren Arbeitstag als dem vorangegangenen, begab sich Elias in den nächstgelegenen Baumarkt, wo er alles besorgte, was er für die Reparatur der kaputten Treppenstufe benötigte. Er nahm genug Holz mit, um zur Not sogar ein Dutzend Stufen instand setzen zu können. In der Farbabteilung lud er noch drei Dosen Sprühlack, der farblich zum Ton der Treppe passte, in seinen Einkaufswagen, bevor er auf dem Weg zur Kasse der Versuchung einer Nagelpistole im Angebot erlag. Scheute er gewöhnlich unnötige Ausgaben – die anstehende Reparatur hätte er sicherlich auch mit einem simplen Hammer durchführen können –, rechtfertigte er den Kauf damit, dass es im Haus viel zu reparieren gab und dieses Gerät noch öfter zum Einsatz kommen würde. Auf die Dauer könnte es ihm viel Zeit sparen. Nachdem er für seinen Einkauf bezahlt hatte, machte er sich auf den Weg nach Hause.

Daheim angekommen, bereitete er sich schnell etwas zu Essen zu. Ein Fertiggericht aus der Mikrowelle, welches er hastig verschlang. Dann zog er sich einen Arbeitsoverall über, schnappte sich einen Hammer und ein Stemmeisen und begab sich ans

Werk. Es gab keinen Zugang, durch den man in den Hohlraum unter den Stufen gelangt wäre, weshalb ihm die Idee kam, dort eine Tür einzubauen und so mehr Stauraum zu schaffen. Das wäre ohne viel Aufwand machbar, dennoch beschloss er, dieses Projekt auf einen späteren Zeitpunkt zu verschieben. Es gab genug andere Baustellen im und am Haus, um die er sich zuerst kümmern musste.

Mit dem Hammer klopfte er vorsichtig gegen die Stufe, die sich unter der beschädigten befand. Diese klang, als wäre sie in Ordnung. Nicht so die daraufolgende, die sich morsch anhörte. So arbeitete er sich einmal von oben nach unten und stellte fest, dass insgesamt fünf der fünfzehn Stufen eine potenzielle Gefahr darstellten. Ohne Zeit zu verschwenden, löste er die betroffenen Bretter und stoppte erst dann, als das geschafft war.

Nun fiel Licht in den Bereich unter der Treppe, der sein Stauraum werden sollte, und Elias konnte erkennen, dass das Holz, das dort den Boden bedeckte, ebenfalls reichlich morsch aussah. Er seufzte. Noch mehr Arbeit, die auf ihn zukam. Die Aussicht, einen großen Teil des Unterbodens ersetzen zu müssen, war nicht gerade verlockend. Die nächsten fünf Minuten verbrachte er damit, darüber nachzudenken, ob diese Reparatur nicht Priorität hätte, doch dann beschloss er, das Problem zunächst zu ignorieren und sich erst mal auf die Instandsetzung der Treppe zu konzentrieren.

Er griff sich eines der noch intakten Bretter, die er herausgelöst hatte, und nahm es mit in die Garage, um es als Maßstab für das Zurechtsägen des Holzes aus dem Baumarkt zu verwenden. Binnen fünfzehn Minuten hatte er das Holz zugeschnitten, weitere zwanzig brauchte er, um die Bretter abzuschleifen. Während er sägte und schliff, meinte er ein paarmal, klopfende Geräusche zu hören, war sich jedoch nicht sicher, ob sie von draußen oder drinnen kamen. Immer wieder warf er einen Blick zu Cathys Haus, doch sie tauchte nicht auf, bis er fertig war. Also klemmte er seine zurechtgesägten Bretter und seine noch nie benutzte Nagelpistole unter den Arm und ging zurück zu seiner Baustelle. Er brannte darauf, seine Neuanschaffung endlich auszuprobieren und zum ersten Mal an diesem Tag kam bei ihm so etwas wie Spaß an der Arbeit auf.

Als er die Treppe hinaufstieg, registrierte er verwirrt Beschädigungen an den Stoßbrettern, auf welchen die Stufen auflagen. Sie waren mittig auseinandergebrochen. Warum hatte er das gerade eben nicht bemerkt? Stirnrunzelnd betrachtete Elias den Schaden und der Gedanke an Geister kam ihm ein weiteres Mal in den Sinn. Konnten Geister die physische Kraft aufbringen, die es brauchte, um einen Gegenstand derart zu beschädigen? Und wenn sie dazu in der Lage waren, was konnten sie dann erst mit ihm anstellen?

Lange konnte Elias diesen Gedanken nicht nachgehen, denn ein Tritt auf eine der nur vermeintlich intakten Treppenstufen wurde ihm zum Verhängnis. Das Holz, das er zuvor als tragfähig eingeschätzt hatte, gab unter seinem Gewicht nach. Elias ruderte mit den Armen, um das Gleichgewicht nicht zu verlieren, wobei er die zugeschnittenen Bretter verlor und auch die Nagelpistole zu Boden ging – gefolgt von ihm selbst.

Irgendwie schaffte er es, sich beim Fallen zu drehen. Instinktiv streckte er die Hände aus, um seinen Sturz abzufangen. Beim Aufprall seiner knapp hundert Kilo wurden die Schultergelenke überlastet und er kugelte sich die Arme aus. Mit dem Kopf schlug er hart auf einer der Stufen auf, deren morsches Holz unter ihm förmlich zerbröselte.

Elias verlor das Bewusstsein. Erst Minuten später kam er kurz zu sich, wurde erneut von der Ohnmacht übermannt, driftete wieder weg … So ging das eine ganze Weile, bevor er es schaffte, die Augen offen zu halten. Während er langsam seine Sinne sammelte, dämmerte ihm, dass er feststeckte. Er war durch mehrere verrottete Stufen gebrochen und sein Oberkörper, an dem seine Arme nutzlos verdreht herabhingen, hatte sich im tragenden Unterbau verklemmt.

Er versuchte, sich zu bewegen, hin und her zu wackeln, um sich zu befreien, doch ein stechender Schmerz in seinem Nacken, der von ungekannter Intensität war, sorgte dafür, dass er diese Bemühungen sofort einstellte.

Habe ich mir das Genick gebrochen?

Panik stieg in ihm auf und er atmete hektisch durch den Mund. Durch die Nase bekam er kaum Luft. Zu gern hätte er sie vorsichtig betastet, denn er vermutete, dass sie gebrochen war. Obwohl er normalerweise weder zimperlich noch weinerlich veranlagt war, schossen ihm Tränen in die Augen.

Es dauerte mehrere Minuten, bis er in der Lage war, sich zu beruhigen. Nun schaute er sich um, ohne den Kopf zu bewegen. Außer einem Teil der Decke und den gezackten Bruchstücken des maroden Holzes konnte er nicht viel erkennen. Sein Geruchssinn funktionierte dagegen bestens, denn er registrierte, dass aus dem zuvor abgetrennten Zwischenraum unter der Treppe ein abartiger Gestank zu ihm emporstieg. Vermutlich kam der von irgendwelchem Ungeziefer, das sich dort eingenistet hatte und sein Geschäft dort erledigte. Das erklärte, weshalb es im Haus immer noch stank, obwohl Elias so viel geputzt und geschrubbt hatte.

Minuten oder gar Stunden vergingen, Elias konnte es nicht sagen. Er hatte das Zeitgefühl völlig verloren. Bestimmt hatte er eine schwere Gehirnerschütterung. Elias kämpfte darum, bei Bewusstsein zu bleiben, denn irgendwo hatte er mal gelesen, dass es gefährlich wäre, mit einer schweren Gehirnerschütterung einzuschlafen. Sein Kopf schmerzte und ihm war, trotz der sommerlichen Temperaturen, die draußen herrschten, lausig kalt. Aufgrund der Position, in der sein Oberkörper gefangen war, lag er kopfabwärts und seine Beine waren über ihm. Da manche Tritte fehlten, hingen sie partiell in der Luft und die Schwerkraft zog sie nach unten. Dies war äußerst unbequem und verstärkte seine Kopfschmerzen noch – falls das überhaupt möglich war. Jedes Mal, wenn er sie einfach hängen ließ, erhöhte sich der Druck auf seinen Rücken, in den sich eine der noch intakten Stufen bohrte, was unerträgliche Schmerzen in seinem Nacken auslöste. Also spannte er die Beinmuskeln an, was er jedoch nicht ewig durchhalten konnte. Und zu allem Überfluss drückte seine Blase.

Pinkeln wollte er auf keinen Fall. Zum einen war in dieser Lage zu befürchten, dass der Urin nicht nur seine Kleidung durchnässen, sondern ihm bis ins Gesicht laufen würde, zum anderen würde ihm in der Folge nur noch kälter werden. Also beschloss er, sich das Urinieren so lange wie möglich zu verkneifen.

Trotz der Gehirnerschütterung versuchte Elias, möglichst klar zu denken und sich etwas einfallen zu lassen, um sich aus dieser misslichen Situation zu befreien. Doch was? Dass ihm seine Eltern einen Überraschungsbesuch abstatten und ihn retten würden, war auszuschließen, da die beiden gerade im Urlaub waren. Aber vielleicht bestand eine geringe Chance, dass seine hübsche Nachbarin rüberkommen würde, um ihn zu besuchen. Die Haustür war nicht abgeschlossen, weshalb sie einfach reinkommen könnte. Allerdings bezweifelte er, dass sie sich nach nur einem gemeinsam verbrachten Abend bereits heimisch genug bei ihm fühlte, um sein Haus ohne Aufforderung zu betreten. Vielleicht könnte er, wenn sie bei ihm klopfte, ja laut genug rufen, sodass sie ihn hören würde.

Er war sich zwar so gut wie sicher, dass da draußen niemand war, der ihn retten würde, aber dennoch rief er ein paarmal laut um Hilfe. Wie erwartet, ohne Resultat. Das Schreien erschien sinnlos und verursachte ihm obendrein noch größere Schmerzen, weshalb er es nach kurzer Zeit aufgab.

Dann hörte er plötzlich Schritte.

Kapitel 5

Über ihm tauchte das Gesicht eines Mannes auf, das teils von einem wilden, ungepflegten Bart verdeckt wurde. Der Mann, dessen Nase lief, zog lautstark den Rotz darin hoch. Er sah aus wie ein Penner und roch auch so. Er trug seine Klamotten, die farblich nicht zueinander passten – sah man vom daran klebenden Dreck ab, der sie vereinheitlichte –, in mehreren Schichten. Weder er selbst noch seine Kleidung sahen aus, als wären sie in diesem Jahr schon mal gewaschen worden.

»Bitte, helfen Sie mir!«, krächzte Elias. Sein Hals fühlte sich rau und trocken an.

Der Penner musterte Elias und grinste – bevor er sich breitbeinig über ihm positionierte, seinen Hosenstall öffnete und auf ihn urinierte.

Instinktiv wandte Elias sich ab, um der plätschernden Pisse auszuweichen, was ihm nicht gelang und nur zu neuen Schmerzen führte. Ihm blieb nichts anderes übrig, als reglos liegen zu bleiben und diese unerwartete und vor allem unerwünschte Natursekt-Dusche hinzunehmen. Zu allem Unglück fungierten die geborstenen Bretter neben seinem Kopf als Trichter, wodurch ihm die Pisse direkt in den Mund rann, den er kurz schloss, nur, um ihn sofort wieder aufzureißen, denn durch die gebrochene Nase bekam er zu wenig Luft. Erst als der Urin auch noch in diese geriet, wagte er erneut den Versuch, sich zu bewegen. Und tatsächlich: Elias schaffte es, den Kopf ein kleines Stück zur Seite zu drehen, um nicht zu ersticken. Oder war ertrinken in diesem Fall der passendere Ausdruck?

Schließlich endete die Urin-Attacke, weil dem Angreifer die Munition ausging. Der steckte seinen Penis zurück in die Hose, schloss ohne sichtliche Gefühlsregung den Reißverschluss und ging die Stufen nach unten, wobei er aus Elias' Blickfeld verschwand.

Elias würgte und unterdrückte den Reiz zu kotzen, da er befürchtete, entweder am eigenen Erbrochenen zu ersticken oder beim Versuch einer Drehung, die das verhindern sollte, seinen Nacken noch mehr zu verletzen. Vielleicht war wirklich ein Wirbel gebrochen oder zumindest angeknackst. Aus dem Erste-Hilfe-Kurs wusste er: Jede weitere Bewegung konnte dazu führen, dass er für immer querschnittsgelähmt sein würde.

Nun machte sich zu allem Überfluss auch seine eigene Blase wieder bemerkbar. Resigniert gab Elias dem Druck nach und ließ es einfach laufen. Was machte es noch, wenn er ohnehin vollgepisst war?

Völlig irrational schoss ihm durch den Kopf, dass er Gefahr lief, zu dehydrieren, sollte er hier noch länger gefangen sein. Den Gedanken, seinen eigenen

Urin zu trinken, verwarf er just in dem Moment, in dem die warme Brühe, die durch seine dünne Boxershorts und den Arbeitsoverall tropfte und an seinem Körper entlanglief, sein Gesicht erreichte. Seltsamerweise hatte er fast das Gefühl, sich damit reinzuwaschen, nachdem es zuvor nur die Pisse eines Fremden gewesen war, die sein Antlitz verunreinigt hatte.

Der Urin trocknete mit der Zeit und reizte Elias' Gesichtshaut. Er versuchte, nicht daran zu denken, doch je mehr er es zu ignorieren versuchte, desto deutlicher spürte er das Jucken. Bald konnte er nicht mehr sagen, was schlimmer war: die restlichen Schmerzen oder dieser unerträgliche Juckreiz.

Von unten hörte er noch eine Weile die Schritte des Eindringlings, der vermutlich gerade dabei war, Elias' Habseligkeiten zu durchsuchen, dann wurde es still im Haus.

Nun, da der Penner anscheinend verschwunden war und es keine Geräusche mehr gab, auf die er sich konzentrieren konnte, fiel es ihm noch schwerer, wach zu bleiben. Letztlich konnte Elias nicht verhindern, dass er wegdriftete und in einen tiefen, traumlosen Schlaf fiel, der einer neuerlichen Ohnmacht gleichkam.

Kapitel 6

Als Elias am nächsten Morgen aufwachte, brauchte er einen Moment, um sich zu orientieren. Der Schmerz in seinem Nacken sorgte jedoch schnell dafür, dass ihm ins Gedächtnis kam, was geschehen war. Auch sein Rücken quälte ihn höllisch, da seine Beinmuskulatur sich während des Schlafes entspannt hatte.

Der Schmerz besiegte die Angst, sich weitere Verletzungen zuzuziehen. Da seine Arme nutzlos waren, bewegte er die Beine und drehte seine Hüfte, was auch seinen Oberkörper so weit verrückte, dass sich sein Blickwinkel veränderte. Nun konnte er einen Teil des Hohlraums sehen, der sich zwischen Treppe und Boden befand. Fest steckte er dennoch.

Sonnenlicht fand irgendwie einen Weg in diesen Zwischenbereich und als Elias seinen Blick schweifen ließ, ohne den Kopf zu bewegen, erkannte er, woher es kam. Zwei der Ziegel, die an der Außenwand des Gebäudes lagen, waren durch Glasbausteine ersetzt worden, durch die Licht drang. Von außen war ihm das gar nicht aufgefallen.

Dann entdeckte er noch etwas: In dem Zwischenraum lagen zahllose leere Dosen und ein alter, dreckiger Schlafsack. Daneben stand ein Müllsack, der anscheinend mit Klamotten gefüllt war. Er konnte eine Jeans und ein T-Shirt erkennen, die aus dem Sack heraushingen. Der Verschlag war an seiner höchsten Stelle etwa drei Meter hoch und mehrere Meter lang. Elias konnte nicht alles einsehen, doch dort, wo der Platz beengt war, hatte jemand die Bodendielen entfernt und eine Grube ausgehoben, um den zur Verfügung stehenden Raum zu erweitern.

Lebte dort drin etwa jemand? Wie war er dort reingekommen? Oder handelte es sich nur um Müll, den irgendwer dort gelassen hatte? Aber warum hätte sich dieser Jemand abmühen sollen, diesen Zwischenraum zugänglich zu machen, nur um ein paar Sachen wegzuwerfen? In Anbetracht des Zustands, in dem sich das Haus beim Kauf befunden hatte, wäre es deutlich einfacher gewesen, das Zeug zu dem anderen Müll zu werfen, den er weggeschafft hatte. Elias erinnerte sich an die unzähligen leeren Konservendosen, die darunter gewesen waren.

Der Gedanke ans Essen war Elias bisher nicht in den Sinn gekommen, doch nun begann sein Magen zu rumoren. Und auch sein Darm geriet in Bewegung. Elias weigerte sich, darüber nachzudenken, wie es wäre, sich auch noch in die Hosen zu scheißen – und tat es dennoch. Das wäre sicher äußerst unangenehm und käme dieser Gestank noch zum ohnehin vorherrschenden dazu, müsste er sich mit Sicherheit übergeben.

Dann hörte er wieder Schritte. Elias erschrak. War der Penner, der ihm ins Gesicht gepisst hatte, zurückgekommen?

Plötzlich hörte er ein Quietschen. Vermutlich alte Scharniere, die sich nach langer Zeit zum ersten Mal bewegten. Mit einem Mal drang mehr Licht in den Zwischenraum. Elias zählte eins und eins zusammen. An die Küche grenzte ein Versorgungsraum an, den er bisher noch nicht genauer unter die Lupe genommen hatte. Möglicherweise gab es dort eine Tür, die in den Zwischenraum führte.

Tatsächlich kam ein Paar Beine in sein Gesichtsfeld. Ihnen folgte das bärtige Gesicht, in das er nun wieder starrte. Der Penner bückte sich, griff nach dem Sack mit den Klamotten und warf ihn in die Richtung, aus der er gekommen war. Dann ging er auf alle viere und krabbelte in den niedrigsten Bereich des Zwischenraums, wo er sich in die ausgehobene Grube setzte. Wirkten seine Aktionen zuvor geplant und methodisch, überzog nun ein beinahe kindlicher Ausdruck sein Gesicht, als er zu Elias nach oben glotzte. Er schlang seine Arme um die Beine und begann, vor und zurück zu wippen. Tränen liefen über seine Wangen und er schluchzte unkontrolliert. Wieder und wieder murmelte er etwas, das Elias nicht auf Anhieb verstehen konnte.

Dann endlich, nach genauem Hinhören, konnte er die Worte klarer vernehmen: »Bitte, lass mich raus! Bitte, bitte, lass mich raus! Ich gehe auch nicht auf die Straße!«

Und plötzlich wusste Elias, wen er da vor sich hatte.

»Tommy!«, sagte er zu dem Mann. »Tommy, bitte hilf mir!«

Kapitel 7

Der Mann hörte auf, vor und zurück zu wippen. Unvermittelt stand er auf. Auch die Tränen versiegten mit einem Mal. Nun sah er wütend aus. Mit wenigen Schritten war er unter Elias, rückte sein eigenes Gesicht dicht vor dessen und fragte argwöhnisch: »Woher weißt du, wie ich heiße?«

Elias hatte keine Ahnung, was er antworten sollte. Möglicherweise war dieser Mann gefährlich und er wollte nicht, dass er Cathy ins Visier nahm, die ihm von Tommy erzählt hatte.

Sein Zögern schien Tommy zu irritieren. Dieser bückte sich, griff sich eine Handvoll Dreck und schleuderte sie Elias ins Gesicht.

Elias schaffte es nicht, seine Augen rechtzeitig zu schließen. Sie begannen sofort zu tränen. Er zwinkerte wiederholt heftig, um den Dreck hinauszubefördern. Ein bisschen davon wurde herausgespült, doch genug blieb drin, dass es höllisch brannte.

Das war zu viel für ihn. Elias hatte so viel Schmerz erlitten, war vollgepisst worden und hatte versucht, das alles möglichst tapfer zu ertragen. Doch genug war genug!

»Du gottverdammter Hurensohn!«, brüllte er. »Reicht es nicht, dass ich mit ausgekugelten Schultern in dieser verfluchten Treppe festhänge und du mir nicht hilfst? Musst du mir obendrein Dreck in die Augen werfen? Was für ein krankes Arschloch bist du eigentlich?«

Tommy wich zurück, wie ein kleiner Junge, der von seinem strengen Vater gescholten wird. Binnen einer Sekunde wich sein ängstlicher Gesichtsausdruck allerdings neuerlicher Wut. Er lehnte sich vor, streckte den Arm aus und drückte seinen Daumen tief in Elias' rechtes Auge.

Instinktiv versuchte Elias nun seinerseits, zurückzuweichen, was ein Knacken seines Nackens zur Folge hatte und eine heftige Welle des Schmerzes durch seinen Körper jagte. Augenblicklich verlor er das Bewusstsein. Sein Körper wurde schlaff.

Als er das Bewusstsein wiedererlangte, musste Elias nicht erst die Augen öffnen, um zu wissen, dass Tommy immer noch da war. Dessen Gestank verriet seine Anwesenheit. Dennoch blinzelte er. Sein rechtes Auge war zugeschwollen und brannte entsetzlich. Elias befürchtete, für immer blind zu bleiben. Doch das war nicht sein größtes Problem. Tommy saß unten im Zwischenraum und, das konnte Elias mit nur einem funktionierenden Auge erkennen, starrte bösartig grinsend zu ihm hoch. Intuitiv wechselte er in eine Art Überlebensmodus.

»Es tut mir leid, dass ich dich angeschrien habe, Tommy«, sagte er, so sanft wie nur möglich. Tommys Grinsen verschwand. »Das war nicht böse gemeint. Ich habe nur so wahnsinnige Schmerzen. Du hattest mich etwas gefragt und ich möchte dir die Antwort natürlich nicht schuldig bleiben. Nachbarn haben mir erzählt, dass hier mal ein Junge namens Tommy gewohnt hat, vor vielen Jahren. Und sie erzählten mir auch, dass Harold nicht gut zu dir war und das Jugendamt eingeschaltet wurde. Alle glaubten, du wärst nicht mehr hier, weil dich irgendjemand adoptiert hätte. Es tut mir leid, dass du es so schwer hattest.«

Tommys Gesichtsausdruck blieb ruhig, soweit man das unter dem Bart erkennen konnte. Auch als Elias ihn fragte, ob er in diesem Zwischenraum gelebt hätte, statt im Rest des Hauses. Er nickte nur.

»Hat er dich hier drin eingesperrt? Harold? Der Vorbesitzer dieses Hauses«, forschte Elias weiter.

Wieder nickte Tommy, dann drehte er den Kopf weg, weil Tränen in seine Augen stiegen. Wieder begann er, sich vor und zurück zu wiegen und etwas vor sich hinzumurmeln, doch diesmal wich sein merkwürdiger Singsang vom vorangegangenen ab. »Lass mich nach oben! Ich will zu meiner Mama. Ich will ins Zimmer oben, zu meiner Mama.«

Elias' Gedanken überschlugen sich und er beschloss, aufs Ganze zu gehen: »Tommy, wenn du mir hilfst, dann kannst du bei mir oben wohnen. Wenn du möchtest …«

Rasch wendete Tommy seinen Kopf wieder Elias zu. Ein jungenhafter und zugleich hoffnungsvoller Ausdruck machte sich auf dem Gesicht des bärtigen Mannes breit. Er wirkte aufgeregt, wie ein Kind vor Weihnachten. »Oben bei Mama?«, fragte er misstrauisch. Trotzdem klang durch, dass er sich nichts sehnlicher wünschte.

»Oben bei mir«, sagte Elias und nickte. Er spürte seinen Herzschlag bis hinauf in den Hals. Die Aussicht darauf, dass sein Plan Erfolg haben könnte, machte ihn ungeduldig. Dennoch wartete er ab, was Tommy dazu sagen würde.

Als dieser schließlich sprach, fiel die Antwort unerwartet aus: »Kann ich … kann ich auch einfach hier drinbleiben, wenn ich möchte?«

Elias begriff, dass Tommy wohl so viel Zeit in diesem Zwischenraum verbracht hatte, dass dieser ihm wohl ein Gefühl von Sicherheit vermittelte.

»Du kannst da unten bleiben solange du möchtest«, sagte er. »Wenn dir das lieber ist, kannst du aber auch jederzeit nach oben kommen. Du kannst im Gästezimmer schlafen. Ich habe nichts dagegen.«

Als Elias das Gästezimmer erwähnte, veränderte sich Tommys Gesichtsausdruck abermals. Eine Mischung aus Angst und Wut verzerrte seine Mimik. »Du willst nur, dass ich da reingehe, damit du es mit mir machen kannst!«, schrie er.

Diesmal sah Elias den Dreck rechtzeitig kommen und schloss sein verbliebenes Auge.

Es mit ihm machen? Herrgott, hatte Harold ihn etwa …? Nachdem er schnell die passenden Puzzlestücke zusammengefügt hatte, sagte er: »Du kannst auch jedes andere Zimmer haben, Tommy. Ich werde dir nichts tun. Ich bin dein Freund.«

Kurz schien Tommys Ärger zu verfliegen, doch dann verzerrte sich sein Gesicht aufs Neue zu einer wütenden Fratze. Er stand auf, knöpfte seine Jeans auf und öffnete den Reißverschluss. Dank des begrenzten Platzes brauchte er einen Moment, um die Hose und seine fleckige Unterhose auszuziehen.

Elias kniff die Augen zusammen, in Erwartung dessen, was nun folgen würde. Doch statt ihn erneut anzupinkeln, presste Tommy seinen mickrigen, aber extrem stinkenden Penis an Elias' Lippen. Während er versuchte, ihn dazwischen zu zwängen, schrie er: »Ich mache es mit dir, bevor du es mit mir machen kannst. Los, lutsch ihn, du kleiner Bastard! Lutsch ihn, bevor ich ihn dir in deinen dreckigen kleinen Arsch schiebe!« Dabei waren Tommys Augen geschlossen und seine Augäpfel zuckten hinter den Lidern hin und her, als würde er einen Albtraum aus vergangenen Tagen neu erleben.

Elias presste die Lippen aufeinander, woraufhin ihm Tommy mehrfach mit seinem schlaffen Penis gegen die Wangen schlug, bis er voll erigiert war. Als

Elias sich weiterhin weigerte, den Mund zu öffnen, begann Tommy damit, fieberhaft zu masturbieren. Es dauerte nicht lange, bis er kam und seine klebrige Wichse in Elias' Gesicht spritzte.

Dieser hatte seine Augen geschlossen gehalten, bis alles vorbei war. Nun öffnete er das funktionsfähige und fragte höflich: »Wärst du wenigstens so nett, dein Sperma abzuwischen?«

Tommy gab keine Antwort, sondern drehte sich um und verließ den Zwischenraum. Sekunden später kehrte er mit einem Geschirrtuch zurück, mit dem er Elias vorsichtig trocken wischte.

»Danke«, sagte Elias und setzte hinzu: »Ich möchte, dass du Folgendes weißt: Ich würde diese Sachen niemals mit dir machen, Tommy. Ehrlich nicht! So etwas würde ich dir nie antun. Ich möchte nur dein Freund sein. Und wenn du ebenfalls mein Freund sein möchtest, dann solltest du mir helfen!«

Ein schuldbewusster Ausdruck schlich sich auf Tommys Gesicht, der rasch den Kopf wegdrehte und ein Stück von Elias abrückte.

Elias schielte ihm hinterher und sah, dass sich etwas neben Tommy bewegte. Der schien die Bewegung ebenfalls wahrzunehmen. Mit einem Gesichtsausdruck, der freudige Überraschung verriet, ließ er seine Hand vorschnellen und packte das, was da krabbelte. Seine große Faust schloss sich darum. Dann hob er sie dicht vor seine Augen und öffnete sie. Ein nicht gerade kleiner schwarzer Käfer kam zum Vorschein. Vielleicht eine überdimensionierte Kellerassel oder eine Schabe. Elias konnte es nicht genau erkennen. Wohl aber konnte er das Knacken der chitinhaltigen Schale hören, als Tommy sich das Insekt in den Mund stopfte und zubiss. Er kaute, schluckte und wischte sich dann zufrieden mit dem Handrücken über den Mund. Elias hätte sich am liebsten übergeben.

Rückwärts auf dem Hintern zur Tür rutschend, zog Tommy sich kurz darauf aus dem Zwischenraum zurück.

Elias starrte ihm aus einem Auge hinterher. Er fühlte sich ausgelaugt, auch mental, und sein Kopf schmerzte höllisch. Obendrein hingen ihm die in den letzten Stunden erlittenen Demütigungen nach. Inzwischen fragte er sich sogar, ob dieser Irre, der ihm nicht aus seiner misslichen Lage half, sondern sie noch verschlimmerte, ursächlich für seinen Sturz gewesen sein könnte. Immer wieder kehrten seine Gedanken zu den zerbrochenen Stoßbrettern zurück, welche die Stufen Stabilität gekostet hatten. Die Vermutung, Tommy könnte sie manipuliert haben, lag nahe. Hoffnungslosigkeit machte sich in ihm breit und Tränen bildeten sich in seinen gereizten und dreckverkrusteten Augen. Ein paar Minuten lang schluchzte er leise vor sich hin, bevor er es schaffte, sich wieder zusammenzureißen.

Tommy kehrte während des gesamten restlichen Tages nicht in den Zwischenraum zurück, egal wie oft Elias nach ihm rief. Ab und zu hörte er ihn irgendwo im Haus, wo er Gott-weiß-was trieb.

Als die nun zweite Nacht hereinbrach, gewannen Panik und Angst wieder die Oberhand. Elias' Herz raste immer schneller und obwohl er wusste, dass er ruhig bleiben musste, schaffte er es nicht. Wieder und wieder holte er tief Atem, doch statt sich zu beruhigen, begann er zu hyperventilieren. Er glaubte, einen Herzinfarkt zu bekommen. Dann überwältigte ihn die Angst völlig und er verlor – wieder einmal – das Bewusstsein.

***

Nachdem er es wiedererlangt hatte, zwang er sich zur Ruhe. Seit seinem Sturz waren seine Arme taub und gefühllos. Auf einmal breitete sich jedoch ein Kribbeln in seinem rechten Arm aus und er merkte, dass er wieder etwas Gefühl in seinen Fingerspitzen hatte. Sein Handy hatte sich in seiner Hosentasche befunden, als er gefallen war, aber bislang war es nutzlos gewesen, da Elias die Arme nicht bewegen konnte. Jetzt aber konnte er einen Versuch wagen und tastete sich zu seiner Hosentasche vor. Er fand sie, doch das Telefon war nicht da. Es musste ihm aus der Hose gerutscht sein und irgendwo neben ihm auf den verbliebenen Stufen liegen. Leider befand sich sein Arm in einer ungünstigen Position und beim ersten Anlauf schaffte er es nicht, diese zu erreichen.

Verzweifelt und im Glauben, sein Telefon würde die einzige Chance auf Rettung darstellen, riskierte er alles und hob den Kopf, um sich neu zu positionieren. Im Wissen, dass jede Bewegung eine neuerliche Ohnmacht verursachen könnte, beschloss er, es nicht sanft und vorsichtig zu versuchen, sondern mit einem Ruck. Und nachdem er sich mental darauf vorbereitet hatte und zur Tat schritt, geschah das Befürchtete: Ihm wurde schwarz vor Augen.

Als er wieder zu sich kam, stellte er fest, dass seine Bemühung trotz allem Erfolg hatte und er die Stufen nun erreichen konnte. Mit größter Mühe bewegte er seine rechte Hand auf dem Holz hin und her, wobei er immer wieder Pausen einlegte, in denen der Schmerz etwas abflachen konnte. Beim sechsten Versuch ertastete er das Telefon. Allerdings lag es beinahe außerhalb seiner Reichweite und er konnte es nur mit den Fingerspitzen berühren. Aus Angst, er könnte es aus Versehen weiter von sich wegschieben, statt es heranzuziehen, legte er eine weitere Pause ein, bevor er seine nächste Aktion wagte.

Elias wollte die Hand anheben, sie auf das Telefon legen und es zu sich ziehen. Mit einem kraftvollen

Versuch langte er nach dem Handy. Der darauffolgende Schmerz war intensiv und sein Griff reichte nicht weit genug. Seine Hand landete genau vor dem Telefon, das er mit den Fingerspitzen wie befürchtet außer Reichweite beförderte. Als er realisierte, was er getan hatte, brach er in Tränen aus und begann, hemmungslos und hysterisch zu schluchzen.

Kapitel 8

Irgendwann in dieser Nacht kehrte Tommy zurück und hockte sich im Schneidersitz unter Elias auf den Boden. Seine Mimik spiegelte eine Art kindlicher Besorgnis wider, als er zu ihm hochstarrte.

»Soll ich dir etwas vorlesen?«, fragte er mit einer zwar tiefen und männlichen Stimme, die aber doch infantil klang. »Ich kann gut lesen!«

Elias hatte wirklich keine Lust, sich von Tommy Geschichten erzählen zu lassen, wollte ihn aber nicht erneut verärgern, indem er ablehnte. Also sagte er kraftlos: »Ja, das wäre nett!«

Tommy verschwand und kehrte wenige Augenblicke später mit einer Taschenlampe und einem zerfledderten gelben Taschenbuch in der Hand zurück. In den nachfolgenden Stunden las er daraus eine verstörende Geschichte vor, die den Titel *Die große Leere* trug und von einem Mann handelte, der alles hatte: einen tollen Job, eine liebevolle Frau, entzückende Kinder. Doch der Mann hatte den Traum, allein mit einem Katamaran übers Meer zu fahren. Als er sein altes Leben und seine Familie hinter sich gelassen und seinen Traum verwirklicht hatte, gab es jedoch nichts, was ihm noch blieb. Die Geschichte endete mit den Worten: *»Diese Erkenntnis* *schlug wie ein Blitz in seinen Verstand ein und dann war da nur noch Leere«.*

Kein Wunder, dachte Elias, *dass Tommy so verkorkst ist. Wenn das die Gutenachtgeschichten waren, die er als Kind anhören musste, hätte allein das wohl gereicht, um einen abgefuckten Erwachsenen aus ihm zu machen.*

Tommy wirkte melancholisch, als er sagte: »Ich gehe jetzt ins Bett.«

Und Elias antwortete: »Gute Nacht!«

In dieser Nacht war für Elias selbst absolut nichts gut. Sein Bauch schmerzte und der Druck, der sich in ihm angestaut hatte, wurde zunehmend unerträglicher. Der Drang, endlich zu scheißen, sowie das permanente Zusammenkneifen der Arschbacken verstärkten den Schmerz in seinem Nacken und Rücken noch. Dazu hatte er höllischen Durst und fühlte sich, als wäre er kurz vor dem Verhungern.

Als der Morgen graute, war Elias froh über das Licht, das seine Umgebung zumindest ein wenig erhellte. Es war verblüffend, wie ihm das kleine bisschen Sonne die Hoffnung zurückbrachte. In der Nacht hatte er darüber nachgedacht, sich so lange zu drehen und zu wenden, bis das, was seinen Nacken noch zusammenhielt, auch noch brach und sein Elend endlich ein Ende hätte. Nun, mit einem kleinen Kraftschub der Sonne, glaubte er, doch noch ein wenig länger durchhalten zu können.

Nach einer Weile kam Tommy in den Zwischenraum und wiederholte dort sein Ritual vom Vortag. Er setzte sich auf den Boden, schlang die Arme um die Knie und wiegte sich vor und zurück. Elias hatte die Vermutung, dass Tommy einen Großteil der letzten Jahre mit dieser Art der Selbstberuhigung verbracht hatte. Irgendwann hörte er damit auf, hob die Hand und streichelte Elias übers Haar, das ihm wirr ins Gesicht hing. Dann schaukelte er sich weiter.

Elias' Auge war noch immer zugeschwollen, doch mit dem anderen konnte er erkennen, dass Tommy Tränen über die Wangen liefen. Erst als diese versiegt waren, wagte Elias einen neuerlichen Versuch, mit dem jungen Mann zu sprechen: »Bitte, Tommy, hilf mir! Es geht mir nicht gut.«

Ein kindlich besorgter Ausdruck huschte über Tommys Gesicht und er rückte ein Stück dichter an Elias heran. Wieder streichelte er seine Haare, als wäre Elias ein Haustier, und nahm dann sein Ritual von Neuem auf. Vor und zurück. Vor und zurück.

»Bitte, Tommy«, setzte Elias nach. »Hilf mir! Ich will oben sein, bei dir!«

Irgendwas an diesem letzten Satz musste Tommy getriggert haben. Er zog ein Feuerzeug aus seiner Tasche und machte es an. Sein Gesicht wirkte im flackernden Schein der kleinen Flamme so bedrohlich wie das des Höllenfürsten höchstpersönlich.

»Du wirst hier unten bleiben, bis ich dir sage, dass du rauskommen darfst, du kleiner Scheißer!«, verkündete er und ließ ein böses Lachen folgen. Tommy hob die Hand und neigte sie etwas, sodass die Flamme Elias' Nase erreichte.

Zuerst stieg ihm der Geruch verbrannter Nasenhaare in den Kopf, bevor er den Schmerz spürte. Elias heulte auf und ruckte panisch mit dem Kopf.

Tommy erschrak und ließ das Feuerzeug fallen.

»Na warte!«, murmelte er und warf Elias einen Blick zu, der grausam und hasserfüllt wirkte. Dann bückte er sich, hob das Feuerzeug auf und – steckte Elias' Haare in Brand. Diese standen binnen Sekunden lichterloh in Flammen.

Elias fühlte die sengende Hitze und glaubte, ebenfalls spüren zu können, wie seine Kopfhaut Blasen warf. Ein Schrei, in dem Angst und Qual sich die Waage hielten, zwängte sich durch seine trockene Kehle und über seine Lippen.

Tommy wartete einen Moment, dann bückte er sich, griff mit beiden Händen in die Erde und bewarf Elias mit Dreck, bis das Feuer gelöscht war.

Elias atmete auf. Sein Schädel brannte entsetzlich. Als der erste Schock wich, wurde ihm bewusst, wie leicht das Feuer auf das morsche Holz hätte überspringen können. Wäre das passiert, wäre er mit großer Wahrscheinlichkeit bei lebendigem Leib verbrannt. Mit einem Seufzen der Erleichterung und ohne einen Funken Ironie sagte er: »Danke, dass du mich gelöscht hast!« Als Tommy daraufhin ein Lächeln folgen ließ, setzte er vorsichtig hinzu: »Könntest du mir vielleicht einen Schluck Wasser bringen?«

Wortlos verschwand Tommy und Elias hörte ihn in der Küche rumoren. Kurz darauf kehrte er tatsächlich mit einem Glass Wasser zurück, in dem sogar ein Strohhalm steckte. Dieser sah an einem Ende zerkaut aus, als wäre er bereits in Benutzung gewesen, doch das kümmerte Elias nicht. Allein durch den Anblick des Wassers wurde sein versiegter Speichelfluss angeregt. Er schloss die Lippen um den Strohhalm, als Tommy ihn an sie heranrückte, und saugte gierig daran.

Aufgrund seiner hängenden Position war es trotz dieser Trinkhilfe schwierig, sich nicht zu verschlucken. Prompt geschah es, was einen heftigen Hustenanfall zur Folge hatte, begleitet durch den Umstand, dass gut die Hälfte des eingesaugten Wassers ihn auf direktem Wege wieder verließ.

Tommy wartete geduldig, bis Elias' Hustenanfall abgeebbt war und ließ ihn erneut trinken.

Nachdem er das Glas geleert hatte, überlegte Elias, ob er wohl auch etwas zu essen bekommen würde, wenn er auf die richtige Art danach fragte. Er wog ab, ob es sich lohne, das Risiko einzugehen, Tommy ein weiteres Mal um etwas zu bitten – oder ob dies, statt zum erwünschten Resultat zu führen, einen erneuten Wutanfall provozieren würde. Tommy wirkte durchaus verrückt und ein wenig zurückgeblieben und bislang hatte er sich völlig unberechenbar verhalten. Letztlich sagte Elias sich, dass er bei Kräften bleiben musste, wenn er sich überhaupt jemals aus seiner misslichen Lage befreien wollte, und öffnete den Mund: »Hast du vielleicht auch etwas Essbares da? Ich sterbe fast vor Hunger.«

Tommy schaute sich um, ließ seine Hand in einen Bereich schnellen, den Elias aus seinem Blickwinkel nicht erfassen konnte, und zog sie mit geschlossener Faust zurück. Er brachte sie dicht vor Elias' Gesicht, bevor er sie öffnete.

Eine fette Spinne mit schwarz behaarten Beinen startete einen sofortigen Fluchtversuch, den Tommy vereitelte, indem er seine eine Handfläche auf die andere klatschen ließ, bevor das achtbeinige Geschöpf sich aus dem Staub machen konnte.

Elias, der sich ausmalen konnte, was ihm bevorstand, verzog angewidert das Gesicht.

Tommy nahm ein Bein der Spinne zwischen Daumen und Zeigefinger und ließ sie daran vor Elias' Mund hin und her baumeln.

»Mund auf! Happa-Happa!«, forderte er in diesem kindlich naiv klingenden Ton, der bisher jedem seiner Wutausbrüche vorangegangen war. Und wirklich, sein gerade noch triumphierender Ausdruck verfinsterte sich, als Elias dieser Aufforderung nicht augenblicklich Folge leistete. Er holte mit der freien Hand aus und zog sie Elias quer über den Mund – mehr eine leichte Maulschelle als eine heftige Ohrfeige.

Die schmerzende Lippe war nichts gegen den Schmerz in seinem Nacken, als sich sein Kopf trotz der Milde, mit welcher der Schlag ausgeführt wurde, ein Stück bewegte. Elias jaulte kurz auf.

Wieder wurde die Spinne vor seinen Mund gebracht – und diesmal öffnete Elias ihn, ohne zu zögern. Obwohl es ihn mehr als nur große Überwindung kostete, sondern auch ein weiteres Stück seiner Würde, zerkaute und schluckte er das Tier, wie es von ihm erwartet wurde.

In der Hoffnung, der Zwischenraum würde nicht noch mehr Spinnen oder Käfer beherbergen, sagte er anschließend: »Danke. Aber ich bin noch nicht satt. Hast du noch etwas anderes da? Etwas Richtiges?«

Tommy nickte, kroch in eine Ecke des Zwischenraums, in die Elias nicht blicken konnte, und kam mit einer geöffneten Dose zurück, deren Inhalt säuerlich roch, als wäre er längst verdorben.

Elias unterdrückte seinen Würgereiz und öffnete brav den Mund, als Tommy den undefinierbaren Doseninhalt auf einen Löffel schaufelte und ihn damit fütterte. Zu groß war die Angst, dieser Psycho könnte ihn abermals verletzen. Sicherlich meinte er gut, was er tat, und Elias wollte auf keinen Fall, dass er den Eindruck gewann, er würde es ihm nicht danken. Also würgte er diesen scheußlichen Fraß herunter, ohne ihn vorher zu kauen. Er schluckte einfach und konnte spüren, wie die breiige Masse sich in seinem zuvor leeren Magen verteilte, der sofort dagegen zu rebellieren begann. Darum bat er um einen weiteren Schluck Wasser.

Tommy gewährte ihm auch diesen Wunsch und verfütterte ihm danach zwei weitere Löffel, bevor Elias es wagte, zu sagen: »Danke, aber ich kann nicht mehr. Ich habe so lange nichts gegessen, dass jetzt gar nicht so viel in mich hineinpasst.«

Ein Stirnrunzeln war die Antwort und der Löffel wurde auffordernd gegen seine zusammengepressten Lippen gepresst.

»Es wird gegessen, was auf den Tisch kommt! In Afrika verhungern Kinder …«, kommentierte Tommy sein beharrliches Drängen.

Bevor Elias reagieren oder sich gar fügen konnte, erreichte ein Schwall des unappetitlichen Geruchs seine Nase und brachte ihn zum Würgen. Er spürte, wie die Kotze in ihm hochstieg und bemühte sich, sein eigenes Erbrochenes schnell zu schlucken, bevor es ihm aus dem Mund schießen und auf Tommy fallen konnte, der erwartungsvoll zu ihm aufsah. Verzweifelt schüttelte er mit dem Kopf, als der Löffel abermals gegen seine Lippen stieß.

Tommy machte seinem Ärger Luft.

Während Elias darum kämpfte, nicht zu husten, seinen Würgereiz zu unterdrücken und das Hochsteigende sofort wieder zu schlucken, holte Tommy aus und knallte ihm die Dose mit voller Wucht gegen den Schädel. Sie traf ihn oberhalb des lädierten Auges, an der Braue, wo die Haut dünn war und aufplatzte. Sein Blut und der restliche Doseninhalt liefen ihm über die Stirn und tropften auf den Boden, gefolgt von einem Schwall Kotze, dem Tommy gerade noch ausweichen konnte. Mit einem angewiderten Fluch floh dieser aus dem Zwischenraum.

Wie gern hätte Elias es ihm gleichgetan!

Die Kotze war Elias auch übers Gesicht und in die Augen gelaufen, was zur Folge hatte, dass er nun nicht mal mehr mit seinem unverletzten Auge klar sehen konnte, da die säurehaltige Substanz darin brannte und seine Sicht trübte. Also hing er da, geblendet vom eigenen Erbrochenen, nahezu bewegungsunfähig. Und als ob das noch nicht genug wäre, verursachte das verdorbene Essen – so wenig davon auch in ihm geblieben war – augenblicklichen Durchfall. Ohne Vorwarnung quoll die Scheiße zwischen seinen Arschbacken hervor und lief an seinem Rücken entlang, bis sie in das sickerte, was von seinen Haaren übrig war.

Gnädigerweise verlor Elias ein weiteres Mal das Bewusstsein und kam im Verlauf der nächsten

Stunden immer nur für wenige Minuten zu sich. Während sein Körper langsam den Geist aufgab, driftete sein Verstand ein ums andere Mal in barmherzige Dunkelheit. Elias' Lebenswille schwand. Wann immer er in diesen Stunden zu sich kam, nahm er sich fest vor, Tommy bei seinem nächsten Besuch darum zu bitten, ihm einfach den Garaus zu machen.

Als der Tag sich dem Ende neigte, was Elias wusste, weil er es kurz gewagt hatte, sein eines Auge zu öffnen und sah, dass das Tageslicht bereits verblasste, machte sich die bekannte Panik in ihm breit. Doch diesmal bekam er sich schneller unter Kontrolle, vermutlich, weil ein Teil von ihm bereits mit dem Leben abgeschlossen hatte und dieser nicht nur die Nacht herbeisehnte, sondern die immerwährende Dunkelheit des Todes, aus der er niemals wieder erwachen müsste. Zudem garantierte ihm die Nacht zumindest ein paar sichere Stunden, da Tommy schlafen und in der Zeit nicht auftauchen würde.

Gerade, als er dabei war, in eine neuerliche Phase der Bewusstlosigkeit zu gleiten, klopfte es an der Haustür.

Cathy?

Er öffnete den Mund, um zu schreien, doch beim ersten Versuch brachte er nichts als ein heiseres Krächzen hervor. Dann brach der Hilfeschrei aus ihm heraus. Elias schrie und brüllte, so laut er nur konnte, auch dann noch, als Schritte herbeieilten.

Er hörte erst damit auf, als ihn Tommys Schuh hart im Gesicht traf und es ein weiteres Mal schwarz um ihn wurde.

Kapitel 9

Während wirre Träume Elias' Geist heimsuchten, kristallisierten sich alte Erinnerungen wie Lichtpunkte heraus. Er aß den warmen Apfelkuchen seiner Mutter und ging fischen mit seinem Vater. Obwohl er wusste, dass er nur träumte, spendete ihm dies ein wenig Wärme und Trost. Es füllte die Leere. Plötzlich aber wandelte sich das Szenario. Im Traum fiel er ins Wasser und war dabei zu ertrinken. Kalt und nass schlugen die Wellen über ihm zusammen und Elias war nicht in der Lage, zur Oberfläche zurückzukehren, ganz egal, wie hektisch er mit den Beinen strampelte. Es war, als ob unsichtbare Hände ihn in die Tiefe zögen. Kurioserweise waren seine Arme selbst in diesem Traum bewegungsunfähig, als hätte sein Verstand sich bereits mit einer Lähmung abgefunden.

Als er aus dem Schlaf aufschreckte, machte er sich nicht die Mühe, die Augen aufzuschlagen.

Matt murmelte er: »Bring mich einfach um, Tommy. Bring es zu Ende!« Doch es drangen keine Worte aus seinem Mund, der sich anfühlte, als stecke er voller Watte. Elias vermutete, dass Tommy ihm Dreck in den Mund gestopft hatte, um ihn vom Schreien abzuhalten. Er versuchte, ihn auszuspucken, aber es ging nicht.

Nun öffnete er die Augen doch und war nicht erstaunt, nur Dunkelheit um sich herum vorzufinden. Doch dann ging ein Licht an und er sah seine Mutter auf sich zukommen. Er kniff die Lider zusammen, sicher, dass dies ein weiterer Traum sein musste.

Seine Mutter griff nach seiner Hand. Ein unendlich erleichterter Ausdruck lag auf ihrem Gesicht und Tränen standen in ihren Augen, was er erkannte, als er bei ihrer Berührung seine erstaunt erneut öffnete. Wieder versuchte er, etwas zu sagen und den Kopf zu drehen, doch da war er wieder, der inzwischen wohlbekannte Schmerz in seinem Nacken.

»Du kannst nicht sprechen, Honey«, sagte sie mit sanfter Stimme. »Da steckt ein Schlauch in deinem Hals, der dir dabei hilft, zu atmen. Was hast du dir nur dabei gedacht? Du hast uns eine solche Angst eingejagt!«

Sie begann hemmungslos zu weinen. Nach ein paar Minuten, als sie sich endlich gefasst hatte, erklärte sie ihm: »Deine Nachbarin hat dich gefunden. Cathy. Sie hat sofort die Feuerwehr und den Notarzt gerufen und dafür gesorgt, dass du gerettet wirst. Mein Gott, ich darf mir gar nicht ausmalen, was passiert wäre, wenn sie nicht …« Erneutes Schluchzen machte es ihr unmöglich, weiterzusprechen.

Doch mehr musste Elias fürs Erste gar nicht wissen. Es reichte, um sicher zu sein, dass Tommy nicht bald in den Zwischenraum zurückkehren und ihn weiter quälen würde. Langsam entspannte er sich und registrierte, wie weich sich das saubere Krankenhausbett anfühlte, wie ausgesprochen komfortabel seine Beine ruhten und dass sein Rücken nicht mehr so wehtat. Vorsichtig wackelte er mit den Fingern beider Hände und stellte begeistert fest, dass sie sich bewegen ließen.

Als man ihm kurz darauf auch noch den Schlauch entfernte, der mit dem Beatmungsgerät verbunden war, wähnte er sich im siebten Himmel.

Am nächsten Tag kam Cathy ihn besuchen. Sie sah noch schöner aus, als er sie in Erinnerung hatte, was sicher nicht nur daran lag, dass er sie voller Dankbarkeit betrachtete.

Nachdem er sich tausendfach bei ihr bedankt und sie ihm ebenso oft versichert hatte, dass es ihr eine Freude war, sein Leben gerettet zu haben, wagte er es, die Frage zu stellen, die ihm am meisten auf den Lippen brannte: »Als du mich gefunden hast, war ich da … allein?«

Erstaunt sah sie ihn an. »Natürlich! Was für eine seltsame Frage. Wäre da noch jemand gewesen, hätte ich dich ja nicht retten müssen. Die Ärzte meinten, deinem schlechten Zustand nach zu urteilen, hast du bestimmt drei Tage dort gelegen.«

»Also hat man nichts Ungewöhnliches bei mir daheim gesehen – oder gefunden?«

Sie rang sich ein Lächeln ab. »Nun, der Anblick, den du geboten hast, eingeklemmt zwischen den Stufen deiner eigenen Treppe, war seltsam genug. Was hätte man denn finden sollen?«

Elias zuckte mit den wiedereingerenkten Schultern, was zwar nicht schmerzfrei ging, aber immerhin wieder möglich war.

Die nächsten Wochen verbrachte er im Krankenhaus, von wo aus man ihn direkt in eine Reha-Einrichtung überwies, in der Ärzte und Therapeuten alles daransetzten, seine frühere Beweglichkeit wiederherzustellen. Seine Befürchtung, dass er sich das Genick gebrochen hatte, war tatsächlich nicht unbegründet gewesen. Einer seiner Nackenwirbel war angebrochen, was das wochenlange Tragen einer Halskrause notwendig machte – und ein schmerzintensives Training im Anschluss, um seine Muskulatur wiederaufzubauen.

Eine schwere Zeit für Elias, die ihm jedoch dadurch versüßt wurde, dass sowohl seine Eltern als auch Cathy ihn regelmäßig besuchen kamen. Während seine Mutter oftmals ihren leckeren Apfelkuchen mitbrachte, gab Cathy sich unglaubliche Mühe, seinen den Reha-Aufenthalt so kurzweilig wie möglich zu gestalten. Sie versorgte ihn mit Zeitschriften und Büchern – und mit der Zeit auch mit tröstenden Küssen, die ihm suggerierten, dass bald alles wieder gut werden würde.

Mit den Wochen, die ins Land gingen, verblasste seine Erinnerung an die erlebten Schrecken. Nachdem seine Mutter, die mehrfach in seinem Haus gewesen war, um ein paar Sachen für ihn zu holen, ebenso wie Cathy nichts Auffälliges zu berichten wusste, glaubte er allmählich, dass der psychopatische Bewohner des Zwischenraums unter der Decke gar nicht existierte. Gut vorstellbar, dass er halluziniert und sein gequälter und verängstigter Geist sich Tommy nur eingebildet hatte. Schließlich hatte er immer wieder das Bewusstsein verloren, war desorientiert und von Schmerzen erfüllt wieder zu sich gekommen. Mit der Zeit waren sicher auch Dehydrierung und der Nahrungsentzug zu Faktoren geworden, die man nicht unberücksichtigt lassen sollte. Wer konnte schon genau sagen, zu was für Reaktionen ein Verstand in einer solchen Extremsituation, wie er sie hatte erleben müssen, imstande war? Gepaart mit der Geschichte über den armen Pflegejungen, die Cathy ihm am Vorabend des Unfalls erzählt hatte, erschuf er wohl einen Schuldigen für all die ekelhaften Dinge, die mit der tagelang andauernden Gefangenschaft in der eigenen Treppe einhergegangen waren.

Kapitel 10

Am Tag, an dem man ihn nach Hause entließ – drei Monate war er nicht mehr daheim gewesen –, holte Cathy ihn ab. Auch seine Mutter hatte ihre Fahrdienste angeboten, ebenso, dass er in den ersten Wochen bei seinen Eltern zu Hause wohnen könnte, in seinem alten Kinderzimmer, doch Elias hatte dankend abgelehnt.

Gleichermaßen ablehnend reagierte er, als Cathy, mit der er inzwischen über das Stadium reiner Freundschaft hinaus war, ihm anbot, ihn nach drinnen zu begleiten. Ausweichend antwortete er, er bräuchte erst mal eine oder zwei Stunden für sich, um sich sozusagen zu akklimatisieren. Danach könnte er ja zu ihr rüberkommen, immerhin habe er sie noch nie besucht. Der wahre Grund war jedoch, dass er Cathy nicht in Gefahr bringen wollte.

Im Haus führte ihn sein Weg zuerst zur Treppe. Auf den ersten Blick war ersichtlich, dass die Stufen noch immer der Reparatur bedurften und auch sein Werkzeug lag noch da, wo er es verloren hatte. Doch was ihn wirklich interessierte, war, wie es unter den Stufen aussah. Langsam und vorsichtig stieg er die Treppe ein Stück nach oben und spähte in die Ritzen. Er wusste selbst nicht so richtig, was er dort zu finden erwartete: Tommy oder das, was er tatsächlich zu Gesicht bekam. Und das war: nichts!

Da war nichts von alledem, woran er sich erinnerte. Keine leeren Dosen, kein Sack voller Klamotten, kein Schlafsack, ja, nicht einmal die ausgehobene Grube am niedrigen Ende unter den untersten Stufen war mehr da. Der gesamte Boden des Zwischenraums war mit staubigen alten Dielen bedeckt und sah aus, als hätte ihn noch nie ein Mensch betreten. Einzig und allein die Glasbausteine, die ein wenig Licht in den Zwischenraum ließen, waren noch vorhanden.

Obwohl ein erster Blick den Verdacht zu bestätigen schien, er hätte sich Tommy nur eingebildet, ging er als Nächstes in die Küche und suchte nach dem Zugang im Versorgungsraum, den er auch fand. Ein Regal, das auf Rollen stand und das man schwenken konnte, verbarg die Tür. Stirnrunzelnd fragte er sich, wie er von diesem Zugang wissen konnte, wenn seine Erinnerungen nicht real waren. Aber auch dafür fand sein Verstand eine einfache Erklärung: Bestimmt hatte er die schmale Tür und die Rollen am Regal bei seinem ersten Rundgang durchs Haus unterbewusst registriert, sie aber nicht weiter beachtet, und hatte aufgrund der Lage der Treppe folgerichtig kombiniert, dass es sie geben musste, weil … Hier setzte seine logische Schlussfolgerung aus. Nachdem er jedoch auch jetzt, da er in diesem Zwischenraum stand, keinerlei Anzeichen für irgendeinen Bewohner finden konnte, war das wohl nicht weiter wichtig.

Als Elias sicher war, dass es in dem Raum unter der Treppe absolut nichts zu entdecken gab, machte er einen Rundgang durch den Rest des Erdgeschosses. In der Küche fand er einen selbstgebackenen Apfelkuchen – wie der, von dem er während seines Deliriums geträumt hatte –, daneben einen Zettel von seiner Mutter, die ihn so zu Hause willkommen hieß.

Elias konnte der Versuchung nicht widerstehen, vom Kuchen zu kosten. Er schnitt sich eine kleine Ecke heraus und verschlang sie, dann stieg er die Treppe nach oben, wobei er sorgsam darauf achtete, die fehlenden Stufen auszulassen. Auf die anderen trat er möglichst weit am Rand, um das Risiko zu minimieren, abermals durchzubrechen.

Als auch das Obergeschoss gesichert war und sich herausgestellt hatte, dass kein Irrer mit einem Messer – oder dem scharfkantigen Deckel einer Konservendose, den er zur Waffe umfunktioniert hatte – hinter einem der Vorhänge stand oder gar unterm Bett lauerte, entspannte er sich allmählich. Da dieses alte, viktorianische Haus nicht unterkellert war, blieb nur noch der Dachboden.

Stöhnend blickte Elias hinauf zu der Luke. Eine ausziehbare Leiter war an die Falltür montiert. Öffnen ließ sie sich mit einem langen Stab, an dem ein Haken angebracht war, mit dem sich der Verschluss aufziehen ließ. Leider war dazu die Ausführung einer Bewegung vonnöten, die seine Schultergelenke schon beim Gedanken daran schmerzen ließ. Nichtsdestotrotz ging Sicherheit vor und so stellte er sich dieser Aufgabe.

Auch die Suche auf dem Dachboden blieb ergebnislos. Das Einzige, was er entdeckte, war eine undichte Stelle des Daches, an welcher der Wind ein paar Ziegel davongefegt hatte. Darum sollte er sich vor dem nächsten Regenguss unbedingt kümmern. Kaum eine halbe Stunde zu Hause war seine To-do-Liste bereits am Wachsen.

Nachdem er die Leiter mühevoll verstaut, die Luke geschlossen und den Abstieg ins Erdgeschoss unfallfrei hinter sich gebracht hatte, sah er sich unschlüssig um. Er hatte noch mehr als genug der erbetenen Zeit für sich übrig, um sich zu fragen, wie er sie totschlagen sollte.

Letztlich beschloss er, darauf zu verzichten und gleich zu Cathy zu gehen, um dort all das nachzuholen, was in einem Mehrbettzimmer mit anderen Patienten nicht möglich gewesen war.

Kapitel 11

Ihre erste gemeinsame Nacht war fantastisch gewesen und Elias ging am nächsten Morgen, nachdem sie ausgiebig zusammen gefrühstückt hatten, zurück in sein eigenes Haus. Zum einen, damit Cathy in Ruhe ihrer Arbeit nachgehen konnte, zum anderen, weil auch vor ihm einige Aufgaben lagen. Er war bester Laune und guter Dinge, dass er es schaffen würde, heute nicht nur die verdammte Treppe, sondern auch das Dach zu reparieren.

Zuvor fuhr er zum Baumarkt, wo er weitere Bretter besorgte. Er würde nicht nur die Stufen ersetzen, die er bereits abgelöst hatte, sondern auch jene, die er – möglicherweise irrtümlich – als noch tragfähig identifiziert hatte. Sicher war sicher.

Wieder daheim kam er mit der Arbeit gut voran. Die neuen Bretter zuzuschneiden ging schnell und auch die verbliebenen Bretter der restlichen Stufen hatte er in kurzer Zeit entfernt. Nun kam der spaßige Teil. Endlich, wenn auch mit ein paar Monaten Verspätung, kam er dazu, seine neue Nagelpistole auszuprobieren.

Das mit Druckluft betriebene Gerät leistete ihm gute Dienste. Mühelos trieb es die Nägel durchs Holz und so war es eine Sache von höchstens einer halben Stunde, die neuen Tritte zu befestigen. Als das geschafft war, betrachtete er zufrieden sein Werk. Zum Test ging er die nun gefahrlos nutzbare Treppe ein paarmal hoch und runter, freute sich darüber, dass nichts quietschte oder nachgab und beschloss dann, sich zur Belohnung einen Kaffee zu gönnen. Danach wollte er sich das Dach vornehmen.

In der Küche zog er seine Lieblingstasse aus dem Schrank, stellte sie unter die Maschine, die er mit Wasser füllte, legte ein Kaffeepad ein und drückte den Knopf, der die Herstellung des flüssigen Lebenselixiers startete. Mit der dampfenden Tasse in der Hand drehte er sich um, lehnte sich gegen die Anrichte und war gerade dabei, einen ersten Schluck zu nehmen, als dieser ihm förmlich im Hals stecken blieb. Er verschluckte sich, hustete heftig und würgte dann ein »Was zum Teufel …« hervor. Die Tasse fiel ihm aus der Hand und zerschellte auf dem Boden.

Dem Kuchen, den seine Mutter gebacken und von dem er nur kurz genascht hatte, fehlte ein großes Stück. Und nun, da er genauer hinsah, entdeckte er auch Krümel auf der Anrichte und dem Boden. Die Spur führte jedoch nicht zur Treppe, wo er nach seiner Naschattacke hingegangen war, sondern in Richtung des Versorgungsraums – von dem aus man den Zwischenraum unter der Treppe betreten konnte. Täuschte er sich? War er dort langgegangen? Er glaubte nicht.

Was nun folgte, war klar: Elias durchsuchte abermals das Haus von oben bis unten. Er sah im Verschlag unter den Stufen nach, unter seinem Bett, in den Schränken, selbstredend auch auf dem Dachboden. Nicht mal die Garage ließ er aus, obwohl er da vor Kurzem erst die Bretter für die Treppe zugeschnitten hatte und eigentlich ausschließen konnte, dass sich dort jemand aufhielt. Kein denkbares Versteck ließ er aus.

Mit den Nerven völlig am Ende zweifelte er an seinem eigenen Verstand. Hatte er vielleicht selbst so viel vom Kuchen vernascht – und es danach vergessen? Nein! … Zumindest nicht, dass er wüsste.

In den ersten Wochen im Krankenhaus, wohl eine Nachwirkung der schweren Gehirnerschütterung, hatte er manchmal Schwierigkeiten gehabt, sich Dinge zu merken. Doch diese kleinen Konzentrationsprobleme, wie seine Mutter sie beschönigend genannt hatte, waren schon nach kurzer Zeit verschwunden. Sein Gedächtnis, soweit er das sagen konnte, funktionierte ganz normal.

Die Selbstzweifel und die Unsicherheit, ob nicht doch eine Schreckensgestalt ihr Unwesen in seinem Haus trieb, sorgten dafür, dass er sich hilflos fühlte. Fast so, als würde er wieder in den Eingeweiden seiner Treppe feststecken und nicht in der Lage sein, sich selbst zu befreien. Dann wandelte sich die Hilflosigkeit in Wut.

»Tommy!«, brüllte er. »Tommy, komm raus! Ich weiß genau, dass du da bist, du geistesgestörter Drecksack! Los! Zeig dich!«

Mit schnellen Schritten stürmte er zurück zu dem einzigen Hinweis auf einen Eindringling, den er seit seiner Heimkehr gefunden hatte – zum Apfelkuchen seiner Mutter. Er packte den Teller und schleuderte ihn wutentbrannt gegen die Wand, wo der Kuchen einen hässlichen Fleck hinterließ und dann zu Boden krümelte.

Kapitel 12

Die abermals ergebnislose Durchsuchung des Hauses – bei der er äußerst gründlich vorgegangen war – hatte ihn gut zwei Stunden gekostet. Weitere Zeit ging dabei drauf, die Kuchenreste zusammenzukehren und den Fleck von der Wand zu waschen, was nicht vollständig glückte. Er würde diese Wand wohl streichen müssen. Doch zuerst war das Dach dran.

Vor der runderneuerten Treppe angekommen, zückte er sein Mobiltelefon und schoss ein Bild von seiner gelungenen Arbeit, welches er Cathy schickte, während er die Stufen nach oben stieg. Ein Profi hätte es nicht besser hinbekommen. Trotz der verlorenen Zeit und der Unsicherheit bezüglich Tommys Existenz kam ein wohliges Gefühl der Zufriedenheit in ihm auf, als er schrieb: *»Komme allmählich voran und wage mich nun aufs Dach. Wenn ich nicht wieder runterkomme, weißt du, wo du mich findest.«*

Er hängte einen augenzwinkernden Smiley an und einen, der einen Kussmund machte, dazu einen weiteren, der Tränen lachte und den man nutzte, wenn irgendetwas besonders komisch war. Trotzdem schaffte er es nicht, sich vorzumachen, dass nicht auch etwas Angst in dieser Botschaft steckte.

Fest entschlossen, sich vom Erlebten – auch von dem Teil, den er sich möglicherweise nur eingebildet hatte –, ebenso wenig ausbremsen zu lassen wie von seinen Ängsten, ging er die Reparatur des Daches an. Er würde diese alte Hütte zu dem machen, was er von Anfang an in ihr gesehen hatte!

So motivierte er sich selbst, als er feststellte, dass er die notwendigen Arbeiten nicht von Innen vornehmen konnte. Er musste raus aufs Dach, um die Ersatzschindeln – von denen zum Glück noch einige in einer Ecke des Dachbodens lagen – von außen anzunageln. Zwar hatte er keine ausgeprägte Höhenangst, doch etwas mulmig wurde ihm bei dem Gedanken schon. Nur flüchtig dachte er darüber nach, dieses Vorhaben auf einen anderen Tag zu verschieben, denn dies wäre in seinen Augen dem Eingeständnis gleichgekommen, dass Elias eben doch noch nicht ganz der Alte war. Denn der Elias, der er vor dem Unfall gewesen war, hätte sich nicht vor dieser Aufgabe gedrückt.

Eine kurze Gnadenfrist verschaffte ihm die Nachricht von Cathy, die ihm einen Kussmund zurückschickte, gefolgt von einem *»Pass auf dich auf!«*. Ein Klick auf seine Wetter-App lieferte ihm einen zusätzlichen Grund für die anstehende Reparatur: Regen war angesagt, irgendwann am späteren Abend.

Mit leicht zittrigen Beinen stieg er aus dem schrägen Dachfenster, nachdem er sich seine Nagelpistole geschnappt und ein paar der Schindeln in seinem Hosenbund verstaut hatte. Auf die Schnelle fiel ihm keine bessere Art ein, sie an ihren Bestimmungsort zu transportieren, der vielleicht drei Meter von ihm entfernt war. In einer Abwandlung des Vierfüßlerstandes bewegte er sich auf die Lücke zu, die gut sichtbar im Dach klaffte. Wenige Minuten später meisterte er auf dieselbe Weise den Weg zurück, um neue Schindeln zu holen.

Nachdem er diese Prozedur zweimal wiederholt und sich dabei auch an die Höhe gewöhnt hatte, war Elias froh, nicht gekniffen zu haben. Tatsächlich fühlte er sich von Minute zu Minute mehr wie der Alte. Als er dann auch noch Cathy erblickte, die vor die Tür getreten war und ihm zuwinkte, wagte er es sogar, sich hinzustellen und lässig zurückzuwinken, als wäre überhaupt nichts dabei, dort oben rumzuturnen.

Sich wieder auf alle viere begebend, nagelte er die letzte der jüngst mitgebrachten Schindeln an und stellte fest, dass sie den verbliebenen Rest des Loches zwar fast, aber nicht ganz abdeckte. Eine würde er noch brauchen. Mit neu gewonnenem Selbstvertrauen hangelte er sich ein letztes Mal hin und her, schob die Schindel so zwischen die anderen, dass das verdammte Loch endlich dicht war und hämmerte sie fest.

Prüfend und mit sich selbst zufrieden richtete er sich abermals auf und begutachtete gerade sein Werk, als er ein Geräusch aus dem Haus hörte, das er unmittelbar zuordnen konnte. Es war das Quietschen der Dachluke. Der eisige Schrecken, der ihm in die Glieder fuhr, erzeugte mit sofortiger Wirkung eine Gänsehaut auf seinem Rücken und sorgte dafür, dass er beinahe das Gleichgewicht verlor. Er schrak zusammen und ließ die Nagelpistole fallen, die auf ihrem Weg nach unten weitere Schindeln vom Dach riss. An der Dachrinne blieb sie kurz hängen, bevor sie ihrem Abwärtskurs weiter folgte. Elias ruderte mit den Armen und ließ sich – als ob er damit nicht schon genug schlechte Erfahrungen gemacht hätte – nach vorn fallen, um Halt zu finden.

Der Sturz nach vorn, obwohl er in Wahrheit gewiss in Bruchteilen einer Sekunde vonstattenging, dauerte in seiner Wahrnehmung eine Ewigkeit. Elias fiel zurück auf alle viere und sah sich dabei schon durchs Dach brechen und an einem der morschen Balken hängen bleiben. Der gab nach, ebenso wie der Boden des Dachbodens selbst. Der stinkende Teppichboden im ersten Stock bremste seinen Fall nicht und auch die hölzernen Dielen darunter gaben nach, bis ein tragender Balken ihn abrupt stoppte, sodass er mit gebrochenen Armen und Beinen kopfüber hängen blieb. Sein Blick fiel ins Erdgeschoss, wo Tommy bereits etwas abseitsstand und abwartete, bis der Trümmerregen von oben aufgehört hatte, damit er seinen stinkenden Schwanz in seinen schmerzverzerrt offen stehenden Mund schieben konnte.

Nichts davon passierte. Keine der Schindeln gab unter seinem Gewicht nach und Elias landete sicher, wenn auch mit schlotternden Gliedern. Die Erleichterung sorgte für Glückshormone, die sich zu dem Adrenalin gesellten, das sein Körper automatisch ausgeschüttet hatte. Sein Herz raste, seine Handflächen schwitzten – und das alles geschah, bevor er hören konnte, wie die Nagelpistole unten vor dem Haus landete und auf dem Pflaster der Einfahrt zu Bruch ging.

Scheiße, das hätte ich sein können!, schoss es ihm durch den Kopf, gefolgt von einem Gedanken, der nicht weniger erschreckend war. *Ist Tommy doch noch irgendwo im Haus? Hat er mich auf dem Dachboden eingesperrt?*

Das Geräusch, das ihn beinahe zum Absturz gebracht hatte, war unverkennbar gewesen. Es bestand kein Zweifel daran, dass er es gehört und korrekt zugeordnet hatte – *und von allein würde sich eine vollständig herabgelassene Falltür wohl kaum bewegen, oder?*

Mit schlotternden Knien und trotz der schwitzenden Handflächen schob er sich Zentimeter für

Zentimeter zurück zum Dachfenster. Die Selbstsicherheit, die er vor wenigen Augenblicken noch gespürt hatte, war weg. Wieder lief in Sekundenbruchteilen ein Film vor seinem inneren Auge ab: Er als Gefangener auf seinem eigenen Dachboden, Tommy als grausamer Wärter, der ihm ab und zu ein Stück trockenes, verschimmeltes Brot nach oben werfen und in den Mund pissen würde, damit er nicht verdurstete, während er dort oben langsam aber sicher den Verstand verlor.

An diesem zweifelte er tatsächlich, als er auf dem Dachboden stand, wieder in Sicherheit sozusagen, und feststellte, dass die Luke offen war, die daran befestigte Leiter nach unten führte und weit und breit kein heimlicher Mitbewohner in Sicht war.

Aber ich habe es doch gehört! Ganz sicher!

Argwöhnisch spähte er in die dunklen Ecken, die nicht vom Licht erreicht wurden, das durch das Dachfenster kam. Er warf einen Blick nach unten, wo nichts weiter als der schmuddelige Teppichboden zu sehen war, und meisterte die Leiter mit noch immer zitternden Beinen.

Er war drauf und dran, erneut das ganze Haus abzusuchen.

Kapitel 13

Seine durch Angst genährte Vorstellungskraft im Zaum zu halten, war schwer, doch Elias bremste sich und durchkämmte das Haus kein weiteres Mal akribisch. Nach einem Blick in den Zwischenraum unter der Treppe, wurde ihm bewusst, wie irrational er sich verhielt und er brach die Suche nach Tommy ab. Stattdessen ging er nach draußen, wo er die Trümmer der Nagelpistole und diverse zerbrochene Dachschindeln betrachtete.

»Schöne Scheiße!«, murmelte er mit einem Blick zum Himmel, wo dunkle Wolken näher rückten. Der Regen würde nicht mehr lange auf sich warten lassen. Die verdammte Wetter-App hatte sich mal wieder geirrt und der erwartete Regenguss kam bereits am frühen Nachmittag.

Natürlich könnte er die frisch entstandenen Löcher auch mit einem simplen Hammer reparieren, Ersatz für die Schindeln gab es noch genug. Nach dem Schreckmoment, der gut mit einem Absturz hätte enden können, würden ihn heute jedoch keine zehn Pferde mehr auf dieses Dach kriegen.

Elias warf einen Blick rüber zu Cathys Haus und überlegte, zu ihr zu gehen, doch eine heftige Bö und die Gewitterstimmung, die plötzlich aufkam, machten ihm unmissverständlich klar, dass im Augenblick

Dringlicheres zu tun war. Merklich fiel der Luftdruck ab und ein fernes Grollen war zu hören. Es konnte nicht mehr lange dauern, bis schwere Tropfen fallen und auch vor den Löchern im Dach nicht Halt machen würden. Einen Wasserschaden galt es unbedingt zu vermeiden. Eilig begab er sich ins Hausinnere, suchte zusammen, was er an Töpfen, Pfannen und Schüsseln besaß. Gerade rechtzeitig schaffte er es auf den Dachboden, sodass er sie unter den schadhaften Stellen platzieren konnte, als der Himmel, den zuckende Blitze erleuchteten, seine Schleusen öffnete.

Nach einer halben Stunde, die Elias damit verbrachte, die kleineren Gefäße zu leeren, bevor sie überlaufen konnten, war das Spektakel vorbei und die Luft erfüllt vom nach einem Gewitter typischen Geruch – Ozon, freigesetzt durch gewaltige elektrische Entladungen. Elias kippte ein letztes Mal den Inhalt der Gefäße in einen Eimer, den er durch das Dachfenster entleerte. Es blieb zu hoffen, dass es nicht nochmals regnen würde, bevor das Dach repariert wäre, doch vorsichtshalber ließ er die Auffangbehälter stehen, wo sie waren. Man wusste ja nie …

Zurück im Erdgeschoss, ging er in die Küche, wo er sich als Lohn nach all den Strapazen ein Sandwich machen wollte. Erst da fiel ihm auf, dass er vergessen hatte, frische Lebensmittel zu besorgen, als er am Vormittag unterwegs gewesen war. Das Einzige, was er im Sinn gehabt hatte, war die Reparatur der Treppe gewesen. Nun verfluchte er sich erst recht dafür, den vorzüglichen Apfelkuchen seiner Mutter gegen die Wand geworfen zu haben.

Wenn er noch einen Vorwand gebraucht hätte, um rüber zu Cathy zu gehen, hätte er ihn nun gefunden. Eine kurze Textnachricht, die er schrieb, damit sie sich nicht überfallen vorkam, und eine prompte Antwort später, war er auf dem Weg zu der Frau, die ihm nicht nur seit Monaten nicht aus dem Kopf ging, sondern die ihm sogar das Leben gerettet hatte.

Das Lächeln, das ihr Gesicht überzog, als sie ihm die Tür öffnete, brachte sein Herz dazu, etwas schneller zu schlagen, und verbesserte seine Laune binnen eines Lidschlags.

»Hast du Lust, mein Leben noch ein zweites Mal zu retten?«, fragte er und verzog die Miene zu etwas, was er für einen flehenden und unwiderstehlichen Gesichtsausdruck hielt, ähnlich dem eines bettelnden Hundes. »Ich bin am Verhungern und habe absolut nichts mehr zu essen zu Hause. Möchtest du mich vielleicht in die Stadt begleiten? Wir könnten zum Italiener gehen und uns dort eine Pizza …« Er stockte, als ihm der Geruch in die Nase stieg, der aus ihrer Küche nach draußen wehte. Knoblauch und Curry überwogen. »Kochst du etwa indisch?«

»Ja«, bestätigte Cathy nickend, während sie zur Seite trat, um ihn einzulassen. »Es gibt Chicken Tikka Masala. Und zwar genug für zwei. Ich dachte mir, dass du nach der Schufterei heute bestimmt Hunger haben wirst. Dauert aber noch ein bisschen, bis es fertig ist. Ich hoffe, du magst Curry?«

»Na klar!«, versicherte er. »Und ich liebe Chicken Tikka Masala …« In Gedanken fügte er noch ein … *und dich*, hinzu, doch das laut auszusprechen traute er sich nicht.

Es mochte ihm, gemessen daran, dass ihre Beziehung noch in den Kinderschuhen steckte, zu früh erscheinen, in ihrer Gegenwart ein solches Liebesgeständnis zu formulieren. Dagegen, ihr zu zeigen, wie scharf er auf sie war, sprach allerdings nichts, fand Elias. Er gab ihr einen Kuss, dann noch einen – und schon waren sie dabei, hemmungslos miteinander rumzumachen. Augenblicklich trat das Hungergefühl in den Hintergrund, verdrängt von einem weitaus mächtigeren Trieb.

Eine halbe Stunde und mehrere unterdrückte Orgasmen später, konnte Elias sich nicht mehr zurückhalten. Stöhnend ließ er sich auf Cathys schwitzenden Körper sinken, nachdem sich seine Lust entladen hatte. Er war noch in ihr, und obwohl er es früher meist bevorzugt hatte, nach schweißtreibendem Sex unter die Dusche zu hüpfen, statt zu kuscheln, hatte er nicht das Bedürfnis, sich zurückzuziehen. Nein, vielmehr wollte er jeden Moment dieser unvergleichlichen Nähe auskosten, auch wenn er schon merkte, wie sein Penis schrumpfte. Cathys Arme waren fest um seinen Rücken geschlungen, die Hände streichelten sanft auf und ab und es war einfach nur schön, so in ihr zu verharren. Erst als er ganz von allein aus ihr herausrutschte, wälzte er sich zur Seite und zog sie an sich.

»Meinst du, das Chicken ist inzwischen fertig?«, fragte er hoffnungsvoll, ihr dabei einen zärtlichen Kuss auf die Stirn hauchend.

»Scheiße, das Huhn!«, rief sie und riss erschrocken die Augen auf, die sie bis dahin genussvoll geschlossen hatte. »Das habe ich völlig vergessen. Hoffentlich ist es nicht angebrannt!«

Nackt wie sie war, sprang sie aus dem Bett und rannte in die Küche. Elias gönnte sich noch einen Moment, streckte sich und lächelte versonnen, bevor er ihr folgte. Auf dem Weg zog er sich seine Boxershorts über. Sie stand am Herd, war mit dem Umrühren fertig und pustete gerade das kalt, was auf einem Probierlöffel lag. Geduldig wartete er, bis sie den Löffelinhalt auf eine Temperatur gebracht hatte, bei der man sich nicht den Mund verbrannte. Dann griff er nach ihrer Hand, leitete den Löffel zum eigenen Mund um und schnappte ihr rotzfrech den Probierhappen weg.

»Schmeckt köstlich!«, sagte er schmatzend und grinste, als er daraufhin einen erleichterten Ausdruck auf ihrem Gesicht bemerkte. »Wenn man von dem verbrannten Beigeschmack mal absieht.«

»*Fuck!* Echt? Verdammter Mist! Ich bin eine lausige Köchin!«, fluchte sie.

Der Löffel wurde ein weiteres Mal in den Topf getaucht und das Pusten begann von vorn. Kurz schnellte ihre Zungenspitze hervor, um sich sofort wieder zurückzuziehen, gefolgt von einem »Aua«, das verriet, dass es noch zu heiß war.

Elias lachte.

Cathy hörte auf zu pusten und warf ihm einen skeptischen Seitenblick zu.

»Alles gut«, beruhigte er sie. »War nur Spaß. Dein Chicken Tikka Masala schmeckt *wirklich* köstlich. Ist vielleicht sogar das beste Huhn, das ich je gegessen habe.«

Nun verzogen sich ihre Lippen ebenfalls. »Du Arsch!« Sie knuffte ihm mit dem Ellenbogen in die Seite, bevor sie sich daranmachte, den Reis, den sie vorgekocht hatte, in der Mikrowelle zu erhitzen. Anschließend teilte sie ihn und das Hühnchen in Schalen auf und drückte ihm eine davon zusammen mit einem Löffel in die Hand. Selbst nahm sie den, welchen sie zuvor zum Probieren benutzt hatte, was ihm verriet, dass sie praktisch veranlagt war und nicht allzu viel Wert auf solchen Schnickschnack wie opulent eingedeckte Tische, Servietten und vorbildliche Tischmanieren legte. Stattdessen schlug sie vor, im Wohnzimmer auf dem Sofa zu essen und dabei zu schauen, was Netflix Neues zu bieten hatte.

Kapitel 14

Einer weiteren Nacht bei Cathy folgte ein Morgen, den Elias damit verbringen wollte, seine Vorräte aufzustocken. Zum Dank für das Chicken Tikka Masala wollte er am Abend für Cathy kochen. Nachdem sie so lecker vorgelegt hatte, war ihm zwar noch nicht klar, was es geben sollte, etwas anderes aber schon: Sein Essen musste der absolute Oberhammer werden! Das einzig Dumme daran war, dass Elias eigentlich gar keine Ahnung vom Kochen hatte. Sicher, einfache Sachen, wie ein Ei anzubraten oder eine Dosensuppe aufzuwärmen, bekam er schon hin, doch er war meilenweit davon entfernt, ein Starkoch zu sein. Gewöhnlich, oft auch aus Zeitmangel, bestellte er sich einfach etwas und ließ es ins Haus liefern, oder er warf sich auf dem Heimweg von der Arbeit eine Kleinigkeit zu essen ein. Alternativ war die Mikrowelle ein verlässlicher Freund in Sachen Abendessen.

Guter Rat war zum Glück nicht teuer.

Elias zückte sein Handy und wählte die Nummer seiner Eltern. Nachdem es ein paarmal geklingelt hatte, ging seine Mutter ans Telefon.

»Mama, kannst du mir das Rezept für deine Mac and Cheese Bacon Bomb geben?«

Mit wenigen Worten erklärte er, weshalb er sich plötzlich fürs Kochen begeisterte. Sie hingegen begeisterte sich für den Umstand, dass er für seine süße Nachbarin kochen wollte, die sie allein schon deswegen ins Herz geschlossen hatte, weil sie ihren Jungen gerettet hatte. Wenn die beiden nun ein Paar waren, war das eine Verbindung, die sie gern absegnete. Ein Umstand, der neu für Elias war, da sie die meisten seiner früheren Freundinnen nicht leiden konnte und ihm stets eingetrichtert hatte, er müsse zuerst seine finanzielle Zukunft absichern, bevor er sich an ein Mädchen band. Nun aber rückte sie bereitwillig ihr Rezept heraus, das erstaunlich simpel klang, bedachte man, wie lecker das Resultat sein würde. Dann fragte sie, wie ihm der Apfelkuchen geschmeckt hatte.

Wie eine Gewitterwolke den Himmel verdüsterte diese Frage seine Stimmung. Seit er zu Cathy rübergegangen war, hatte er überhaupt nicht mehr an die merkwürdigen Geräusche, seinen Beinahe-Absturz vom Dach, Tommy oder den verdammten Apfelkuchen gedacht, der größtenteils an der Wand gelandet war.

»War saumäßig lecker und ich hab ihn komplett aufgegessen«, würgte er hervor. »Danke dafür!« Er versprach noch, sie in den nächsten Tagen anzurufen und zu berichten, wie das mit dem Essen gelaufen war, dann beendete er hastig das Gespräch.

Elias erledigte seinen Einkauf, besorgte alles, was er fürs Abendessen brauchte und deckte sich darüber hinaus so reichlich mit Nahrungsvorräten ein, dass Cathy und er damit locker durch die Woche kommen würden. Vermutlich reichte es sogar länger. Da er nicht wusste, was sie mochte und was nicht, packte er alles Mögliche ein, wovon er dachte, es könnte ihr schmecken. Zu Hause verstaute er das Verderbliche im Kühlschrank, den Rest in den Küchenschränken, dann klappte er seinen Laptop auf und suchte im Online-Branchenverzeichnis nach einem Handwerker, der sich um das Dach kümmern sollte.

Eine halbe Stunde später war die sprichwörtliche Gewitterwolke über seinem Kopf wieder da. Acht Dachdecker hatte er angerufen und nur drei davon erreicht, von denen einer direkt ablehnte, sich um einen Bagatellschaden, wie er es nannte, zu kümmern. Der zweite erklärte, er wäre bis zum Herbst restlos ausgelastet und erst der dritte hatte ihm zugesagt, den Schaden zu richten – allerdings auch nicht früher als in zwei Wochen.

»Vorher ist wirklich nichts zu machen, tut mir leid«, hatte er jeden Versuch, die Sache zu beschleunigen, abgeschmettert.

Frustriert sah Elias nach, was die Wetter-App für die kommenden Tage prophezeite.

Regen … na klar!, dachte er. In dieser Woche würde das noch kein großes Problem darstellen, da er krankgeschrieben war und aufpassen konnte, dass auf dem Dachboden nichts überlief. Doch am darauffolgenden Montag müsste er zum ersten Mal seit Langem zur Arbeit gehen und was, wenn es dann wie aus Eimern schüttete? Sollte er Cathy bitten, in dem Fall bei ihm nach dem Rechten zu sehen?

Kaum hatte er sich diese Frage gestellt, befiel ihn ein mulmiges Gefühl. Sofort tauchte Tommys Gesicht vor seinem inneren Auge auf und Elias stellte sich vor, wie dieser über seine Angebetete herfallen und ihr Unaussprechliches antun würde. Nein, Cathy als Regenwart zu verpflichten kam nicht infrage.

Bis es an diesem Nachmittag zu regnen begann, verbrachte er seine Zeit damit, den stinkenden Teppich im ersten Stockwerk herauszureißen. Die müffelnden Fetzen stopfte er in große Müllsäcke, die er bei einem seiner Baumarktbesuche besorgt hatte. Reste, die sich nicht ablösen lassen wollten, und Kleber kratzte er mit einem Spachtel ab.

Da es extrem heiß war an diesem Tag, war die Arbeit schweißtreibend und anstrengend. Elias gönnte sich nur kurze Pausen und hatte es geschafft, den Großteil des alten Bodenbelags zu entfernen, als Donnergrollen den nächsten Regenguss ankündigte.

Am liebsten hätte Elias sich raus in den Regen gestellt, der ihm die juckenden Brösel des Klebers und des sich zersetzenden Materials, aus dem der Teppich bestand, vom Körper gewaschen hätte. Stattdessen öffnete er pflichtbewusst die Luke, die zum Dachboden führte, ließ die Leiter herab und stieg nach oben. Dort setzte er sich mittig in den stickigen Raum, in die Nähe der aufgestellten Behältnisse, und wartete ab, bis der Regen die ersten davon gefüllt hatte. Dabei bemerkte er, dass sein Blick immer wieder zu der Luke wanderte, als müsse er sich versichern, dass sein Fluchtweg frei war, und er nahezu unbewusst lauschte, ob er außer dem Donner und Prasseln der Regentropfen noch etwas hören konnte. Etwas, das eine Bedrohung darstellte.

Hat es da unten gerade geknarrt? Hat da jemand gekichert?

Mit jeder Minute wurde sein Nervenkostüm dünner.

Elias war regelrecht erleichtert, als es sich endlich lohnte, das Wasser aus den kleineren Sammelbehältern in den Eimer zu schütten und diesen dann aus dem Fenster zu leeren. Beschäftigung war gut. Sie hielt ihn davon ab, sich von irrationalen Ängsten in den Wahnsinn treiben zu lassen.

So beschäftigt war es auch kein Problem mehr, dieser gottverdammten Luke den Rücken zuzukehren.

Ein Fehler, wie sich herausstellte, als ein wohlbekanntes Quietschen den Donner übertönte. Während ein mächtiger Blitz über den dunklen Himmel zuckte, weiteten sich Elias' Augen entsetzt. Geblendet kniff er sie automatisch zu. Sein nachfolgendes Herumwirbeln in Richtung des Geräusches war ursächlich dafür, dass er sich den Kopf an der Dachschräge stieß. Leicht benommen, etwas desorientiert aber dennoch blitzschnell stürzte er zu der geschlossenen Luke. Elias kroch auf allen vieren auf das rechteckige Stück Holz mit angebrachter Leiter zu, welches die in den Boden eingelassene Tür war, instinktiv davon ausgehend, dass sein Körpergewicht den simplen Verschluss aufdrücken würde. Doch das gottverdammte Ding hielt. Elias stieß einen Schrei aus, in dem sich Angst und Frustration mischten, und der dadurch erstickt wurde, dass er sich die Hand vor den Mund schlug. Dennoch drang so etwas wie ein erbärmliches Wimmern durch, das ihm selbst durch Mark und Bein ging.

Hinter ihm lief die kleinste der aufgestellten Schüsseln über.

Sein Puls raste und die Panik war nicht nur am Aufsteigen, sondern voll da. Es kostete ihn alle Kraft, nicht völlig durchzudrehen und sie zurückzudrängen.

»Elias, denk nach!«, wies er sich zurecht. »Denk verdammt noch mal nach! Du darfst jetzt nicht den

Kopf verlieren! Ganz sicher kann man die Verriegelung auch von hier aus öffnen. Such unter der Leiter! Irgendwie kommt man da bestimmt ran.«

Das beruhigte ihn ein bisschen und er schob die Finger unter die Sprosse, an die Stelle, wo der Verschluss saß, den man von unten einfach ein Stück mit der Stange nach hinten zog und der dann die Tür freigab. Nicht so auf dieser Seite. Da war nur glattes Holz, kein Verschluss, keine Öffnung.

Sein Mobiltelefon kam ihm in den Sinn. Er tastete die hintere Hosentasche ab – die leer war. Siedend heiß fiel ihm nun ein, dass er es zuletzt in den Fingern gehabt hatte, als er die Handwerker durchtelefonierte. Liegen gelassen hatte er es wohl auf dem Küchentisch, neben seinem Laptop.

»Oh *fuck! Fuck! Fuck! Fuck!*«, murmelte er vor sich hin, während er nach weiteren Optionen suchte. Kurz kam ihm in den Sinn, wie Tommy reagiert hatte, als er ihn darum bat, ihn aus seiner misslichen Lage zu befreien.

»Du wirst hier unten bleiben, bis ich dir sage, dass du rauskommen darfst, du kleiner Scheißer!«, hatte er gebrüllt und Elias war der Gedanke gekommen, dass Tommy ihn so behandelte, wie dessen eigener Peiniger – Creepy Harold, der ihn im Zwischenraum gefangen gehalten und mit ziemlicher Sicherheit auch sexuell missbraucht hatte – mit Tommy um-

gesprungen war. Vielleicht konnte er den Spieß umdrehen.

Elias trommelte mit den Fäusten gegen den Boden und brüllte: »Du wirst sofort diese verdammte Luke öffnen, du kleiner Scheißer! Hast du mich verstanden? Sofort! Sonst machen wir einen Ausflug ins Gästezimmer, sobald ich hier rauskomme! Du weißt, was dir dann blüht, oder? Hörst du mich, du kleiner Scheißer?«

Er rutschte nach hinten, weg von der Luke. Ein Teil von ihm war felsenfest überzeugt davon, dass dieser psychologische Trick Wirkung zeigen und sie sich jeden Moment öffnen würde.

Das tat sie nicht.

Was konnte er noch tun?

Er rappelte sich hoch, lief zum Fenster, streckte den Kopf hinaus und brüllte laut Cathys Namen. Im selben Moment knallte der Donner und ein Blitz schlug in unmittelbarer Nähe ein. Fassungslos sah Elias, wie der Stamm des Apfelbaums in seinem Vorgarten gespalten wurde und der Baum in Flammen aufging. Nahezu zeitgleich fiel ihm ein, dass er Cathy nicht in Gefahr bringen durfte – und die bestünde, sollte sie nicht auf ihn hören und die Polizei rufen, sondern das Haus betreten, um die Luke eigenhändig zu öffnen.

Sollte Tommy sie … Tommy …

Der Gedanke an diesen Psychopathen, der ihn angepinkelt, angezündet, geblendet, mit Spinnen gefüttert, ihm ins Gesicht gewichst und ihm verdorbenen Dosenfraß in den Mund gezwungen hatte, brachte Elias dazu, zu hyperventilieren. Seine Muskulatur verkrampfte sich, er zitterte unkontrolliert und ein unbeschreibliches Engegefühl in der Brust raubte ihm trotz seiner hektischen Atemzüge die Möglichkeit, genug Sauerstoff zu schöpfen. Letztlich verschwamm seine Sicht und sein Zustand steigerte sich hin zur Synkope.

Kapitel 15

Das Erwachen aus seiner Ohnmacht ging mit Desorientierung einher. Elias brauchte einen Moment, um zu realisieren, dass er auf dem staubigen Dachboden seines Hauses lag und weshalb dieser überschwemmt war. Der Regen hatte inzwischen aufgehört, doch die meisten Gefäße waren übergelaufen und nun hatte er vermutlich den Wasserschaden, vor dem er sich gefürchtet hatte. Er lag mit dem Kopf in einer der Pfützen, die sich um die Auffangbehälter herum gebildet hatten und ein aus der Ferne kommendes Schrillen bohrte sich in seinen Gehörgang. War das die Klingel? Stand jemand vor der Haustür?

Sein Blick wanderte zu der Luke – die offen stand. Auch die Leiter war heruntergelassen. Der Weg nach unten war frei. Ungläubig rieb er sich die Augen. Wie konnte das sein? Hatte der Irre, der sich Gott-weiß-wo in seinem Haus versteckt hielt, sie geöffnet, während Elias bewusstlos auf dem Boden gelegen hatte?

Er richtete sich auf und ertastete mit zittrigen Fingern eine dicke Beule an seinem Hinterkopf, die bei Berührung schmerzte.

Es gibt noch eine andere Erklärung, nicht wahr?

Elias schloss die Augen. Ja, die gab es. Nur wusste er nicht, was erschreckender war – der Gedanke, der sich ihm nun aufdrängte, oder ein Psychopath, der seine kranken Spielchen mit ihm trieb.

Wieder hatte er sich den Kopf gestoßen, wieder war er bewusstlos geworden. War es nicht denkbar, dass er sich den Rest (wieder) nur eingebildet hatte? Die geschlossene Luke, die vermeintliche Gefahr einer erneuten Gefangenschaft … alles nur eine Halluzination während einer geistigen Umnachtung?

Das Schrillen, das zwischenzeitlich aufgehört hatte, setzte erneut ein. Elias rappelte sich auf und stieg die Leiter nach unten, ohne sich um die Pfützen auf dem Boden zu kümmern. Unerträglich heiß war es dort oben gewesen, obendrein schwül und dämpfig nach dem Gewitter. Er fühlte sich, als hätte er Stunden in einer Dampfsauna verbracht: verschwitzt, dehydriert und äußerst durstig.

Als er das Erdgeschoss erreicht hatte, klingelte es erneut. Er konnte sich denken, dass es Cathy war, aber zuerst brauchte er dringend etwas zu Trinken. Außerdem wollte er etwas überprüfen, bevor er sie reinlassen würde. So ignorierte er die Haustür und ging in die Küche, wo er hastig ein Glas mit Leitungswasser füllte, das er in einem Zug austrank. Er füllte es ein zweites Mal und leerte es, diesmal mit kleineren Schlucken. Rülpsend sah er hinüber zu der

Tür zur Speisekammer, von wo aus man in den Zwischenraum unter der Treppe gelangte.

»Bist du da drin, du gottverdammter Bastard?«, fragte er laut. »Na los, Tommy, komm raus! Sei ein Mann!«

Seine Hand tastete nach dem Messerblock auf der Anrichte und er zog das größte heraus, bevor er sich der Tür näherte.

»Zwing mich nicht, dich zu holen, du kleiner Scheißer!«, drohte er, die Hand schon am Regal, um es zur Seite zu rollen. Er wartete einen kurzen Moment und horchte, ob irgendeine Reaktion erfolgte, bevor er zur Tat schritt.

Unnötig, das Ergebnis zu erwähnen … Als er – *Zum wievielten Mal?* – die Kammer unter der Treppe überprüft hatte, kam er sich dumm vor. Oder war ›verrückt‹ der passendere Ausdruck?

Als es nun ein weiteres Mal klingelte, ging er und öffnete die Tür. Wie erwartet war es Cathy, die bei ihm Sturm geklingelt hatte. Sie war sichtlich aufgeregt und fragte: »Oh mein Gott, ist dir etwas passiert? Es hat ewig gedauert, bis du aufgemacht hast. Ich habe mir Sorgen gemacht, dass der Blitz …«

Elias machte eine abwehrende Bewegung mit der Hand, um ihren Redefluss zu stoppen. Weil ihm auf die Schnelle nichts Besseres einfiel sagte er: »Nein, nein, alles gut! Ich war nur voll fertig von der Arbeit und habe mich kurz hingelegt. Dabei bin ich wohl eingeschlafen. Was ist los?«

Erst jetzt fiel ihm der Tumult hinter Cathys Rücken auf. Ein Einsatzfahrzeug der Feuerwehr stand in seiner Einfahrt und ein paar kräftige Feuerwehrmänner waren dabei, einen Löschschlauch vom nächststehenden Hydranten zu lösen und ihn wiederaufzurollen. Eine Hälfte des noch leicht qualmenden, mittig geborstenen Stumpfs seines Apfelbaums ragte wie ein drohend erhobener schwarzer Zeigefinger in den Himmel. Die andere war spätestens vom harten Strahl des Löschwassers gefällt worden und lag in der Wiese, deren hohes Gras im Umkreis versengt war.

Nun kam einer der Feuerwehrmänner auf ihn zu. In knappen Worten schilderte er den nun beendeten Einsatz und gab Elias die Empfehlung, seinen Rasen zu mähen. »Das Feuer hätte ziemlich leicht auf das Haus überspringen können«, sagte er mahnend. »Sie hatten Glück, dass es geregnet hat und wir so schnell hier waren.«

Wie ein großer Glückspilz kam Elias sich nicht gerade vor, doch er ging zu jedem der Feuerwehrleute hin, um sich mit einem Handschlag zu bedanken. Dann sah er zu, wie sie einstiegen und davonfuhren.

»Krass!«, murmelte er vor sich hin, einen weiteren Blick zu dem verkokelten Skelett werfend, das einst ein Baum gewesen war. Dann wandte er sich Cathy zu und sagte: »Komm, lass uns reingehen! Ich habe dir ein Abendessen versprochen, und das sollst du auch bekommen.«

Sie verbrachten einen schönen und, was unangenehme Zwischenfälle anging, ereignislosen Abend. Seine Mac and Cheese Bacon Bomb wurde ein voller Erfolg und mit einer Flasche Wein hinuntergespült. Erst, als sie miteinander gefickt hatten und Cathy in seinen Armen eingeschlafen war, gerade als er selbst dabei war, in den Schlaf zu dämmern, kam ihm ein unheilvoller Gedanke: *Wenn der Blitzeinschlag real war, dann war auch das Vorangegangene echt und es* war *jemand im Haus, der die Luke geschlossen hat. Nein, nicht* jemand*! Tommy! Und vermutlich ist er immer noch hier!*

Kapitel 16

An Schlaf war für Elias in dieser Nacht nicht mehr zu denken. Da konnte er noch so erschöpft sein und noch so angetrunken – das Gefühl, er und Cathy würden in großer Gefahr schweben, ließ sich nicht vertreiben. Die Logik hinter seinen schlafraubenden Gedanken war nicht zu leugnen. Den Blitzeinschlag hatte er korrekt in Erinnerung behalten, weshalb sollte er also Zweifel in Bezug auf den Rest haben?

Elias wusste nicht, wo, aber irgendwo steckte dieser verfluchte Mistkerl. Nach all den Selbstzweifeln, die ihn geplagt hatten, bis hin zur Infragestellung des eigenen Verstandes, war er sich diesbezüglich wieder vollkommen sicher.

Am liebsten wäre er aufgestanden, um das Haus so lange zu durchsuchen, bis er ihn gefunden hätte. Und dann würde er diesem Arschloch schon zeigen, wer hier der Boss war. Doch Cathy ruhte an seiner Brust und schnarchte leise. Ein dünner Speichelfaden rann ihr aus dem Mundwinkel, den er sanft wegwischte, ohne das in irgendeiner Form ekelhaft zu finden. Also blieb er liegen und lauschte angsterfüllt in die Nacht. Beim kleinsten Geräusch würde er aufspringen und sie beide verteidigen, so viel war klar. Da seine vorangegangenen Suchaktionen jedes Mal ergebnislos verlaufen waren, wollte er sich vor

Cathy nicht wie ein Wahnsinniger aufführen, der auf der Jagd nach einem unsichtbaren Feind sogar das halbe Haus abreißen würde. Es war besser, wach und wachsam zu bleiben und abzuwarten, bis sie am Morgen zu sich rübergegangen sein würde, bevor er diese erbarmungslose Jagd für eröffnet erklärte.

Eine Sache ließ ihm aber keine Ruhe, also griff er nach einem Kissen, hob ihren Kopf vorsichtig an, rutschte unter ihr weg, schob es darunter und bettete ihn sanft darauf, ohne dass sie aufwachte. Dann verließ er so leise wie möglich das Schlafzimmer, tapste nach unten in die Küche und schloss zumindest die Tür des Versorgungsraumes ab, sodass der Zutritt von dort aus in dieser Nacht nicht möglich sein würde. Anschließend überprüfte er, ob die Hintertür zugeschlossen war, warf einen raschen Blick in jedes der Zimmer, schaltete dabei kurz das Licht ein und vergewisserte sich, dass sich niemand darin befand. Als er das Erdgeschoss derart gesichert und auch die Haustür abgeschlossen hatte, setzte er seinen Rundgang im ersten Stock fort. Den Dachboden ließ er aus, wusste er doch inzwischen, dass sich die Luke nur von unten öffnen ließ.

Abermals ohne Cathy zu wecken, legte er sich zurück ins Bett. Sie hatte sich mittlerweile umgedreht und reckte ihm ihren Knackarsch entgegen. Von hinten schmiegte er sich an sie, legte einen Arm um sie und vergrub seine Nase in ihren Haaren, die nach Shampoo und Spülung und nach etwas anderem dufteten, das noch viel besser roch als der ganze Pflegekram – nämlich nach Cathy selbst.

Trotz dieser Annehmlichkeit und des Trostes, den ihre Nähe ihm spendete, war diese Nacht voller Schrecken. Dabei war vollkommen egal, dass sie absolut ereignislos verlief. Elias lag mit gespitzten Ohren da und starrte in den Raum, insbesondere auf das helle Rechteck, das der Mondschein durchs Fenster an die Wand warf. Er registrierte jedes Knacken des alten Gebälks, jedes noch so kleine Geräusch, das dieses Haus verursachte. Alle ließen sich zuordnen und keines wies auf eine mögliche Gefahr hin. Weder hörte er Schritte noch das Klopfen, das ihn in der ersten Nacht in seinem neuen Eigenheim beunruhigt hatte. Genaugenommen hörte er gar nichts, was auf die Anwesenheit seines unerwünschten Gastes hindeutete, doch er zuckte bei jedem einzelnen der normalen Geräusche, die ein so altes Haus eben machte, leicht zusammen.

Während sich die Stunden zogen, hatte er viel Zeit, sein Problem aus verschiedenen Blickwinkeln zu betrachten. Als Fan des deutschen Autors U.L. Brich, dessen Romane er alle gelesen hatte, wusste er eine Menge über die Jagd. Er erstellte eine mentale Liste mit Dingen, die er brauchen würde. Neben einem scharfen Messer stand auch sein Revolver weit oben – und sein Handy, damit er, sollte es dem

Irren tatsächlich ein weiteres Mal gelingen, ihn irgendwo einzusperren, sofort die Polizei rufen könnte. Er dachte darüber nach, wie er bereits abgesuchte und gesicherte Bereiche des Hauses mit Fallen versehen könnte. Zum Beispiel könnte er den Boden im Erdgeschoss mit Mehl bestreuen, sodass Tommy zwangsläufig eine Spur hinterlassen musste, sobald er sich dort bewegte. Zuerst würde er diesen irgendwo in den Eingeweiden seines Hauses herumkriechenden Mistkerl finden, dann würde er ihn zur Strecke bringen, gnadenlos. Und zwar völlig legal. Als Amerikaner hatte er das Recht, sein eigenes Land und sein Heim zu verteidigen.

Doch hatte nicht jede Medaille zwei Seiten? Neben der Wut auf Tommy, wegen all dem, was er ihm angetan hatte, empfand er auch Mitleid. So unberechenbar dieser junge Mann – Elias vermutete, dass er im selben Alter wie Cathy sein musste – auch war und ganz egal, wie viel Angst Elias vor ihm hatte, war er doch auch ein Opfer. Nach allem, was Elias wusste, gepaart mit dem, was er sich zusammenreimen konnte, drängte sich ihm der Gedanke auf, dass Tommy dringend Hilfe benötigte.

Mein Gott, wie unvorstellbar hart muss es für ihn gewesen sein, jahrelang von einem Tyrannen, den die Nachbarskinder nur Creepy Harold nannten, in einen Verschlag unter der Treppe gesperrt und obendrein noch in schöner Regelmäßigkeit missbraucht zu werden? Unfassbar, dass niemand etwas davon mitbekommen hat! Eigentlich kann ich ihm gar nicht übelnehmen, was er getan oder nicht getan hat.

Solche und andere Gedanken begleiteten Elias durch die Nacht. Und immer wieder kehrten sie zu Tommys Reaktion zurück, als Elias ihm angeboten hatte, im Gästezimmer zu schlafen …

Kapitel 17

Elias war höflich genug, Cathy nach dem Aufwachen einen Kaffee anzubieten, und erleichtert, als sie ablehnte. »Sei mir nicht böse, aber ich habe einen Auftrag, den ich heute fertig bekommen muss. Ich würde lieber gleich zu mir rübergehen und mir mein Lebenselixier in den Hals schütten, während ich schon mal loslege. Sonst schaffe ich das niemals rechtzeitig. Und ich gerate nur ungern in Verzug, erst recht nicht bei einem wichtigen Kunden. Sehen wir uns heute Abend? Essen bei mir?«

Elias stimmte zu, ließ sich einen Abschiedskuss geben und beobachtete, wie sie aus dem Haus rauschte wie ein Wirbelwind. Dabei wünschte er sich, sich auch nur halb so ausgeschlafen und tatkräftig zu fühlen, wie sie wirkte.

Trotzdem verlor er, kaum dass sie weg war, keine Zeit. Er ging ins Bad, wo ihm ein Blick in den Spiegel verriet, dass er ebenso scheiße aussah, wie er sich fühlte. Seine braunen Haare, die inzwischen soweit nachgewachsen waren, dass sie sich kaum noch bändigen ließen, sahen fettig und verschwitzt aus. Tiefe Augenringe zeugten von der schlaflosen Nacht. Doch mehr als rasches Zähneputzen, um das pelzige Gefühl im Mund loszuwerden, welches der Weinkonsum des Vorabends hinterlassen hatte, war heute nicht drin. Etwas Wasser ins Gesicht geklatscht – fertig!

Nun folgte die Bewaffnung. Messer und Pistole wurden eingesteckt, als Halterung diente der Gürtel der Jeans. Mit der Tüte voller Mehl in der Hand durchsuchte er von der Haustür ausgehend akribisch jedes Zimmer. Er sah hinter jedes größere Möbelstück, rückte sogar die Schränke beiseite, die vom Vorbesitzer hinterlassen wurden – offensichtlich war Mansons Garagenverkauf nicht besonders gut gelaufen. An einigen hingen noch Post-its des Maklers, die abstruse Preise als Verhandlungsbasis aufriefen, welche das in die Jahre gekommene Mobiliar in keiner Weise mehr rechtfertigte. Kein Wunder, dass der Krempel stehen geblieben war. Sobald er die Durchsuchung eines Raumes abgeschlossen hatte, puderte er den Fußboden mit Mehl ein. Eine Schweinerei, die wegzumachen er gern in Kauf nehmen würde, sollte diese Maßnahme zum Erfolg und ihn auf die Spur seines unerwünschten Mitbewohners führen.

So arbeitete er sich an der Treppe vorbei bis in die Küche, wo er beim Verrücken einer alten Anrichte aus massivem Holz, an welchem der Wurm nagte, etwas fand. Ein Stapel vergilbter Fotos, den jemand mit Paketband zusammengeschnürt und zwischen Wand und Anrichte geschoben hatte, fiel mit einem Rascheln zu Boden.

Fotos

Elias hob dieses sorgfältig verschnürte Bündel auf, löste das Paketband und sah sich die Bilder an. Das erste zeigte zwei Kinder, einen Jungen und ein Mädchen, die sich sehr ähnlich sahen. Vermutlich Geschwister, im Alter von zwölf oder dreizehn Jahren. Sie standen vor einem Weihnachtsbaum, dessen Kerzen brannten, jeder ein Päckchen in der Hand. Als er es umdrehte, fand er in schwungvoller Schreibschrift geschrieben: ›Harold und Maude, Dezember 1965‹. Maude, erinnerte sich Elias nun, hieß Harolds Schwester, welcher er das Haus abgekauft hatte. Seine Vermutung bei der Betrachtung des Bildes war also richtig.

Sofort musste Elias an den gleichnamigen Film denken, der allerdings erst 1971 erschienen war. Das wusste er, da es sich dabei um den Lieblingsfilm seiner Mutter handelte. Was für ein witziger Zufall, dass Creepy Harolds Eltern ihre beiden Kinder ausgerechnet so genannt hatten.

Ein weiteres Bild zeigte den jungen Harold in Uniform. Offenbar hatte er gedient und war bei der Army gewesen. Elias schätzte, dass zwischen diesen beiden Aufnahmen ungefähr fünf Jahre gelegen hatten. Ein Datum stand nicht drauf. Harold blickte ernst und stolz in die Kamera, doch Elias glaubte, auch eine Spur Angst in seinem Gesicht erkennen zu können. Vielleicht war es aufgenommen worden, bevor man ihn an die Front schickte. Vietnam möglicherweise.

Weitere Bilder von Harold folgten, die ihn mit einer Frau zeigten, die er offensichtlich geheiratet hatte, was ein Bild von ihr im Brautkleid verriet. Geknipst hatte er es vermutlich selbst, in der Hochzeitsnacht, denn die Braut hatte ihr Kleid angehoben und man sah weit mehr als nur ihr Stumpfband. Die Beschriftung auf der Rückseite verriet, dass ihr Name Vivienne war. Daneben hatte jemand ein Herz gemalt. Ein weiteres Bild, wohl früher am selben Tag aufgenommen, zeigte das Paar vor der Kirche. Als Datum war auf der Rückseite der 8. Mai 1999 vermerkt. Harold musste zu diesem Zeitpunkt über vierzig Jahre alt gewesen sein, seine Frau, ihrem Aussehen nach zu urteilen, halb so alt.

Dann kamen Fotos von den Kindern.

Die ersten Aufnahmen von Harolds und Viviennes Pflegekindern waren harmlos – zumindest auf den ersten Blick. Planschende Gören in einem gerade mal hüfthohen Becken, aufgenommen an einem warmen Sommertag, was auch der Sonnenhut verriet, den die etwas abseits des Spektakels auf einem Stuhl sitzende Vivienne trug. Ein missmutiger Zug hatte sich um ihre Mundwinkel eingegraben und die einst strahlende Braut wirkte nicht nur fünf, sondern zehn Jahre älter als auf den ersten Bildern von ihr. Dieses Bild trug den Titel ›Unsere Rasselbande, August 2004«. Auf den zweiten Blick erkannte Elias die Hämatome am Oberarm des größeren Jungen. Klar und deutlich formten sie Finger nach, die den Arm zu fest gequetscht haben mussten. Ein zweiter, etwas kleinerer Junge, stand neben ihm und blickte mit finsterer Miene drein. Auf dem Hintern des Mädchens, das schräg zur Kamera stand, waren rote Striemen zu sehen, die unter dem Badeanzug verschwanden. Hatte Harold sie mit einem Rohrstock gezüchtigt? Herrgott, das Mädchen war doch höchstens fünf Jahre alt!

Dann die Rasselbande an Weihnachten, einzeln geknipst, auf dem Schoß eines Kaufhausweihnachtsmannes sitzend. Diesmal hatte der kleinere der beiden Jungs ein blaues Auge.

Ein Foto von Vivienne, dem Harold die Augen ausgebrannt hatte, vermutlich mit einer Zigarette …

Das kleine Mädchen, das auffällige rote Male am Hals hatte, die aussahen, als wären sie ebenfalls durch eine Zigarette entstanden.

Wieder ein Bild von allen zusammen, diesmal mit noch einem weiteren Jungen darauf, der schüchtern in die Kamera blickte und sich an Viviennes Hand festklammerte. Sie hatten wohl einen Familienausflug in den Yosemite Nationalpark gemacht, wie die herrliche Landschaft im Hintergrund verriet. Der Einzige, der nicht mit abgebildet war, war Harold. Dieser hatte das Foto vermutlich geschossen.

Ein weiterer Abzug des frivolen Hochzeitsbildes folgte. Diesmal war der Bereich zwischen Viviennes Beinen der Kippe zum Opfer gefallen.

Dann das Bild des neuen Jungen, vielleicht neun oder zehn Jahre alt, das laut Aufschrift im Jahr 2007 geschossen wurde. Sein verschreckter Blick war der Kamera ausgewichen. Er trug ein T-Shirt und auch auf seinen Armen waren Brandmale erkennbar. Feuer war wohl Creepy Harolds Ding gewesen.

Mit Schaudern dachte Elias daran zurück, wie Tommy ihn in Brand gesteckt hatte. Der Eindruck, dieser hätte gewissermaßen an ihn weitergegeben, wie Harold ihn behandelt hatte, bestätigte sich. Er schluckte trocken, war emotional erschüttert. Es war hart, sich diese Bilder anzusehen und Elias brauchte einen Moment, um sich zu sammeln, bevor er weiterblätterte.

Auf dem nächsten Bild war derselbe Junge ohne T-Shirt. Die ganze Brust war übersät mit diesen Malen. Dazu kamen diverse Hämatome in allen Farbtönen, die blaue Flecken annehmen konnten, je nachdem, wie frisch oder gut verheilt sie waren. Keine Beschriftung.

Wieder dieser Junge, diesmal in einem Kleid und geschminkt wie eine Hafennutte. Ein Faschingsfoto? Der Titel ›Meine kleine Schlampe‹ wies auf etwas anderes hin.

Der Junge, nackt und von hinten geknipst, mit Striemen auf dem Hintern. Dem Anschein nach von äußerst brutalen Schlägen mit einem Gürtel, der neben ihm auf dem Boden lag.

Elias drehte das Polaroid-Bild um.

›Tommy‹ stand auf der Rückseite.

Kapitel 18

Angewidert ließ Elias die Bilder fallen. Was für ein Schwein musste man sein, um einem Kind so etwas anzutun? Diese Fotos gingen ihm wirklich an die Nieren. Sicher, ihm war klar gewesen, dass Tommy Unvorstellbares durchmachen musste, doch es vor sich zu sehen war nicht das Gleiche, wie aus den Wutanfällen und der Brutalität eines jungen Erwachsenen Rückschlüsse zu ziehen und sich alles Mögliche auszumalen. Die Fotos, die Tommy als den Jungen zeigten, der er damals gewesen war, machten das Grauen greifbar, das er durchlitten haben musste. Es schmerzte, sie anzusehen. Wenn Elias nun an ihn dachte, sah er nicht mehr den bärtigen Mann, der sichtlich einen an der Klatsche hatte und im Zwischenraum mit um die Knie geschlungenen Armen versuchte, sich selbst zu beruhigen, dabei scheiterte und auf ihn losging. Nun sah er das Kind, das dort im Dunkeln hocken musste, Tag für Tag. In Elias' Vorstellung hatte sich sogar die Stimme verändert, mit der Tommy sein Mantra herunterleierte. Kindlich und flehend klang sie nun: »Bitte, lass mich raus! Bitte, bitte, lass mich raus! Ich gehe auch nicht auf die Straße!«

Was war damals geschehen? Hatten Harold und seine Frau ein paar Jahre versucht, eigene Kinder zu bekommen, doch als dieser Wunsch unerfüllt blieb, eine Art Notlösung gefunden und Pflegekinder bei sich aufgenommen? Kam dieser unzufriedene Ausdruck um Viviennes Mundwinkel daher – oder hatte Harold auch sie tyrannisiert und ihr das Leben zur Hölle gemacht? War sie Täterin oder ebenfalls eins seiner Opfer? Auf jeden Fall musste sie mitbekommen haben, dass er die Kinder misshandelte. Hatte sie ihn deshalb verlassen? Und war das wiederum der Grund dafür gewesen, weshalb danach nur noch ein Pflegekind bei Harold lebte? Ein einziges Pflegekind, das ihm vollkommen ausgeliefert war!

Plötzlich war es schwer, Tommy als das Monstrum zu sehen, das ihn gequält und gedemütigt hatte.

Elias sah sich um. Bis auf den Versorgungsraum und die Küche hatte er das gesamte Erdgeschoss mit Mehl eingepudert. Sein Ursprungsplan hatte vorgesehen, diesen Bereich zuerst abzudecken und das Haus dann durch die Hintertür zu verlassen. Wenn er obendrein seinen Wagen wegfuhr und woanders parkte, hatte er gedacht, könnte er zu Fuß zurückkommen, sich ins Haus schleichen und warten, bis Tommy sich rauswagen würde, da er davon ausging, sturmfreie Bude zu haben. Nun wollte er jedoch etwas anderes zuerst versuchen.

Elias öffnete die Tür des Versorgungsraums, schob das Regal beiseite und betrat den Zwischenraum. Dort hockte er sich auf den Boden. Obwohl er sich verrückt vorkam, begann er, in den leeren Raum zu sprechen: »Tommy, ich weiß, dass du da irgendwo bist. Ich weiß zwar nicht, wo – Verdammt, es ist, als hättest du einen Weg gefunden, dich unsichtbar zu machen! –, aber ich bin mir sicher, dass du hier bist. Du musst dich nicht mehr vor mir verstecken.«

Elias machte eine Pause und lauschte.

Nichts.

»Tommy, es tut mir leid, dass ich dich angeschrien und einen kleinen Scheißer genannt habe. Wirklich! Du und ich – wir hatten einen schlechten Start, das ist alles. Lass uns vergessen, was war, und noch mal ganz von vorn anfangen. Was hältst du davon, hm?«

Nur die Stille antwortete ihm.

»Hörst du mich?«

Wie sollte er? Rechts von ihm befand sich die Außenwand des Hauses, links die Sperrholzplatte, die den Bereich unter der Treppe vom Rest des Flurs separierte. Dazwischen war kein Raum für Spekulationen.

Trotzdem fuhr Elias unbeirrt fort: »Tommy, ich weiß, was Harold dir angetan hat. Ich habe die Bilder gefunden, die er von dir gemacht hat. Und ich verstehe, dass du Angst hast. Harold hat dich jahrelang hier drin eingesperrt – und Schlimmeres. Aber das ist vorbei. Das ist Vergangenheit, Tommy. Du musst nicht mehr so leben. Du kannst rauskommen, ich werde dir nichts tun!«

So saß Elias eine ganze Weile und führte einen Monolog, dem nur die Wände zuhörten.

Irgendwann gab er es auf. Er konnte gar nicht sagen, wie viel Zeit vergangen war. Eine halbe Stunde? Eine ganze? Entweder hörte Tommy ihn nicht – was irgendwie am wahrscheinlichsten war – oder er traute ihm nicht über den Weg und würde nicht rauskommen, solange Elias da war.

Er kehrte zu seinem Ursprungsplan zurück, bestreute die Dielen des Zwischenraums und den Boden von Versorgungsraum und Küche mit einer dünnen Mehlschicht und verdünnisierte sich durch die Hintertür.

Draußen stieg Elias in seinen Wagen, knallte laut dessen Fahrertür zu, startete den Motor und ließ ihn mehrere Male laut aufheulen, bevor er davonfuhr. Ein paar Straßen weiter, auf einem Hügel, von dem aus man das Meer sehen konnte, stellte er ihn ab.

Kapitel 19

Stunden später saß Elias immer noch reglos da und lauschte. Er hatte sich, wie geplant, ins Haus zurückgeschlichen. Lautlos wie eine Katze hatte er sich auf die Treppe gesetzt, auf eine der oberen Stufen, von wo aus er Bereiche des Wohnzimmers und der Küche einsehen konnte. Seitdem wartete er und nichts geschah.

Inzwischen konnte Elias sehr gut nachempfinden, weshalb Detektive in Hollywoodfilmen sich oftmals über die Eintönigkeit beklagten, wenn sie in ihren Wagen saßen und Häuser observierten. Tatsächlich konnte einem wahnsinnig langweilig werden, wenn man nur lange genug rumsaß und auf das Auftauchen einer anderen Person wartete. Er wünschte sich, er hätte das vorausgesehen und sich entsprechend darauf vorbereitet. Die Zeit würde schneller vergehen, wenn er sich ein Buch auf die Treppe gelegt oder ganz zufällig vor dem Verlassen des Hauses vergessen hätte, das Radio auszuschalten. Andererseits würde er dann vielleicht nicht hören, wenn Tommy durchs Haus geisterte.

Eine der größten Herausforderungen bei dieser Aktion war, der Frustration zu begegnen, die aufkam, wenn man nur lange genug wartete und nichts passierte. Gerade war er kurz davor, diesem Frust und seiner Verärgerung freien Lauf zu lassen und loszubrüllen. Ein lauter, enttäuschter und zorniger Schrei wollte aus seinem Inneren entweichen und diese verdammte Stille brechen, die das Haus ausfüllte. Alle Selbstbeherrschung aufbietend, zu der er fähig war, hielt er sich jedoch zurück. Er durfte nicht schreien, musste mucksmäuschenstill und geräuschlos bleiben, wollte er nicht riskieren, dass die letzten Stunden für die Katz gewesen waren.

Vielleicht schlief dieser Mistkerl. In dem Fall würden für Tommy die Stunden nicht nur sprichwörtlich wie im Schlaf vergehen, während sie sich für Elias wie Kaugummi zogen. Zeit war tatsächlich relativ. Anfangs hatte ihm sein Mobiltelefon noch geholfen, sie zu überbrücken, doch inzwischen war sein Akku ziemlich leer geschrotet. Den verbliebenen Strom musste er für Notfälle in der Hinterhand behalten. Steckdosen gab es auf dieser Treppe natürlich keine, aber er hätte ohnehin das Ladegerät nicht zur Hand gehabt.

Beim nächsten Mal nehme ich mir ein Buch mit und was zu trinken – und eine Powerbank, überlegte er und stockte dann. Etwas an diesem Gedanken störte ihn. *Beim nächsten Mal?* Nein, verdammt, es würde kein weiteres Mal geben. Er würde so lange hier sitzen bleiben, bis dieser Schreck seiner schlaflosen Nächte aus seinem Versteck gekrochen kam. Und wenn es das Letzte wäre …

***

Der Tag verging und ein Blick auf das Handy, dessen Akkuladung bei nur mehr fünf Prozent war, verriet ihm, dass es schon kurz nach sieben war. Eine Nachricht von Cathy, die wissen wollte, wann er denn endlich rüberkommen würde, hatte ihn aus seinen trüben Gedanken gerissen. Stirnrunzelnd las er den Text und antwortete dann: *»Tut mir leid, ich kann heute Abend doch nicht mit dir essen. Mir ist etwas Unaufschiebbares dazwischengekommen. Bitte nicht böse sein, ich mache es wieder gut.«*

Elias setzte einen Kussmund dahinter und schickte die Nachricht schweren Herzens ab. Wie viel lieber würde er jetzt zu ihr rübergehen und ihr leckeres Essen genießen? Oder im Anschluss ihren nicht weniger leckeren Körper … Aber das war im Augenblick keine Option. Er musste durchhalten, musste sich Tommy schnappen, wenn er wieder ein normales Leben ohne Angst führen wollte.

»Unaufschiebbar?«, kam nun von ihr. *»Was ist denn so wichtig?«*

Kein Kussmund. Bestimmt war sie angepisst, ganz sicher sogar. Aber was er hier tat, konnte er ihr wohl kaum mit einer simplen WhatsApp-Nachricht erklären.

»Erzähle ich dir, wenn wir uns sehen. Versprochen! Ich melde mich …« Kusssmiley dahinter. Abschicken. Akku bei drei Prozent.

Hastig drückte Elias auf die Taste, die das Display zum Erlöschen brachte. Als er das Telefon in seine Hosentasche steckte, vibrierte es nochmals. Cathy hatte anscheinend erneut geantwortet. Aber der Saft, den das Ding jetzt noch hatte, war dem äußersten Notfall vorbehalten. Er widerstand der Versuchung, ihre Nachricht zu lesen.

***

Als die Dämmerung hereinbrach – es war Sommer, also musste es ungefähr acht Uhr abends sein –, war Elias an einem mentalen Tiefpunkt angelangt. Fast schon fühlte er sich wieder als Gefangener dieser Treppe – wie vor ein paar Monaten, nach dem Sturz, der sein Leben verändert hatte.

Kapitel 20

Gegen drei Uhr nachts hielt Elias es nicht mehr aus. Seine Blase drückte schon seit Stunden. Wollte er sich nicht wieder einmal in die Hose pinkeln, musste er von dieser Treppe runter und aufs Klo.

Ein ›Behältnis zum Reinpinkeln‹ wanderte auf die ›Liste fürs nächste Mal‹, die es doch eigentlich überhaupt nicht geben sollte. Trotzdem war sie ganz schön gewachsen.

So leise wie möglich, stand er auf. Seine Beine waren steif vom langen Sitzen. Also stakste er mehr, als dass er ging, die wenigen Stufen nach oben und in das Badezimmer, das an sein Schlafzimmer grenzte. Er pinkelte, was eine unendliche Erleichterung darstellte und natürlich nicht völlig geräuschfrei ablief, verzichtete aber darauf, die Spülung zu drücken. Händewaschen fiel ebenfalls flach.

Danach lauschte er in die nächtliche Stille. Alles blieb ruhig, kein Laut zu hören, nicht mal das Ächzen des alten Gebälks.

Da sein Handy-Akku inzwischen ganz den Geist aufgegeben hatte und das Gerät ausgegangen war, als er um kurz vor zwölf zuletzt nach der Uhrzeit sehen wollte, erlaubte er sich, für einen Moment auf dem Bett Platz zu nehmen. Sein Ladegerät lag auf dem Nachttisch daneben und Elias stöpselte es ein.

Es war okay, seinen Beobachtungposten kurz zu verlassen, beschloss er, wenn dafür gesichert sein würde, dass er im Notfall die Polizei rufen könnte.

***

Es kam, wie es kommen musste: Während Elias darauf wartete, dass sein Handy-Akku wenigstens halb voll war – dank Schnellladefunktion keine langwierige Sache –, schlief er ein. Die Sonne schien bereits ins Zimmer, als er die Augen aufschlug.

»Verdammt«, murmelte er vor sich hin, stand auf und schlurfte zur Toilette. Als er das Badezimmer betrat, rümpfte er die Nase. Weil er in der Nacht zuvor seine Pisse nicht runtergespült hatte, stank es darin ebenso widerwärtig nach Urin wie in einer Bahnhofstoilette.

Er entließ eine neue Ladung in die weiße Schüssel, säuberte sich und war dabei, nach der Spülung zu greifen, als er innehielt. So eklig es hier auch roch, noch hatte er keine lauten Geräusche verursacht, die Tommy definitiv verraten hätten, dass dieser nicht allein im Haus war. Vielleicht hatte Elias ja Glück und sein Plan war, trotz des ungeplanten Schlafes, noch nicht völlig gescheitert.

Möglicherweise trieb sich der Gesuchte sogar genau in diesem Moment dort unten rum – oder war zumindest in der Nacht kurz aus seinem Versteck gekrochen. Wissen würde er es erst, wenn er überprüfte, ob Tommy Spuren im Mehlstaub hinterlassen hatte.

Fünf Minuten später, nachdem er vorsichtig nach unten geschlichen war und dort mit möglichst großen Schritten einen Rundgang gemacht hatte, war klar: Hatte er nicht!

Entgegen der Annahme, der Mistkerl müsse irgendwann rauskommen, harrte Tommy aus, wo er war. Nicht nur mutmaßlich, sondern sicher, hatte er sich im Lauf der Jahre deutlich mehr Sitzfleisch angeeignet als Elias, dem die Warterei gehörig auf die Nerven ging. Mürrisch bezog er abermals seinen Wachposten auf der Treppe, diesmal mit einer Flasche Wasser und voll aufgeladenem Handy im Gepäck. Den Revolver legte er neben sich auf die Treppe.

Die erste Stunde verging halbwegs schnell. Er textete Cathy und entschuldigte sich nochmals dafür, dass ihr Date gestern Abend geplatzt war, woraufhin sie rasch antwortete und eine lockere und belanglose Unterhaltung in Gang kam, die einen jähen Stimmungsumschwung mit sich brachte, als Cathy fragte: *»Wollen wir den gestrigen Abend heute nachholen?«*

Elias antwortete ausweichend. Er deutete vage an, die Sache, die ihn gestern abgehalten hatte, wäre noch nicht ganz erledigt und schrieb, dass er nicht sicher wäre, ob er am Abend tatsächlich Zeit hätte.

Ihre Reaktion fiel kühl aus.

Verdammt! Elias verfluchte sich, dieses Haus und vor allem Tommy dafür, dass er gerade nicht anders konnte, als zu agieren, wie er es tat. Dennoch wollte er es sich keineswegs mit Cathy verscherzen und die Sache mit ihr nicht gleich am Anfang versauen.

Während der nächsten Stunden – er hatte sich die Kindle-App auf sein Handy runtergeladen – las er eines der Bücher dieses kleinen deutschen Verlags, Redrum Books, der sich auf Spannungsliteratur spezialisiert hatte und seine Bücher seit neuestem auch in die englische Sprache übersetzen ließ. Auf diesen war er durch einen der anderen Patienten gestoßen, mit dem er sich während seines langen Reha-Aufenthalts etwas angefreundet hatte. Seit Tagen hatte Elias nicht an ihn gedacht, doch nun war ihm so langweilig, dass er sich fragte, was Henry wohl machte. Bestimmt wurde er gerade von einem der Therapeuten gequält. Das Buch, auf das seine Wahl gefallen war, hieß *Leid und Schmerz* und Elias fand, auch er könne ein Lied davon singen.

***

Kurz nach sechs trudelte eine weitere Nachricht von Cathy bei ihm ein. Natürlich wollte sie wissen, ob es heute zu ihrem Date kommen würde oder nicht.

Elias wünschte sich, er könnte ihr eine andere Antwort geben als jene, die sie bekam. Nein, auch heute würde daraus nichts werden. Und nein, er konnte ihr jetzt nicht erklären, warum es nicht ging. Ihm war bewusst, wie das bei Cathy ankommen musste. Sicherlich kam sie sich hingehalten vor oder glaubte, er hätte keine Lust, seine Zeit mit ihr zu verbringen. An ihrer Stelle hätte er genau diesen Eindruck gewonnen. Aber was, verdammt noch mal, sollte er denn sonst tun? Tommy gewinnen lassen? Weiterhin in ständiger Angst vor ihm leben? Nein, das kam überhaupt nicht infrage! Auch wenn Tag Nummer zwei nicht erfolgreicher verlaufen war als der erste, würde Elias nicht das Handtuch werfen.

Dann begann es zu regnen. Elias warf einen Blick hoch zur Decke. Dort sah man Wasserflecken, die beim letzten Regenguss entstanden waren, und ihm fiel ein, dass er die Behältnisse auf dem Dachboden nach dem letzten Wolkenbruch nicht geleert hatte. Es galt, abzuwägen, was schlimmer war: Die aktuelle Mission abzubrechen und sich um einen noch größeren Wasserschaden kümmern zu müssen, als ohnehin schon – oder den Kollateralschaden in Kauf zu nehmen. Elias entschied sich – in der Hoffnung, es würde nicht so viel Wasser eindringen, dass es bis runter in den ersten Stock tropfte – für Letzteres.

Nein, er würde nicht aufgeben … doch er fragte sich, ob nicht er der Verrückte in diesem Haus war.

Fast schon kam er sich wie eine gespaltene Persönlichkeit vor, denn ein Teil von ihm – der größte – war felsenfest von seinem Vorhaben überzeugt. Und davon, dass Tommy hier irgendwo stecken musste, obwohl Elias ihn seit seiner Heimkehr nicht gesehen hatte und er auch über keinen echten Beweis für dessen Anwesenheit verfügte. Ein anderer Teil, dessen innere Stimme viel zu rational und vernünftig klang, streute Zweifel. War der Blitzeinschlag im Apfelbaum tatsächlich ein Beweis dafür, dass seine Erinnerung an die Minuten zuvor korrekt war? Vielleicht hatte er eine Panikattacke erlitten und der Blitz hatte erst danach, als er wieder etwas bei Besinnung war, in den Baum eingeschlagen.

Es gibt keinen Zwischenraum, dachte Elias. *Es gibt nur zwei Möglichkeiten: Entweder Tommy ist real oder ich bin absolut durchgeknallt und sollte mich in eine Zwangsjacke stecken lassen!*

Bei dieser Überlegung erinnerte er sich an einen Film, den er mal gesehen hatte. Der Titel fiel ihm nicht mehr ein, wohl aber wusste er, worum es gegangen war. Eine junge Frau war in eine Mietwohnung eingezogen, in der sie sich beobachtet fühlte. Und als sie bereits dabei war, sich verrückt zu fühlen, weil niemand ihr Glauben schenkte, gipfelte der Film darin, dass sie Hohlräume zwischen den Wänden entdeckte, in denen der Vermieter sich bewegte und sie von dort aus durch in die Wand gebohrte Löcher und viktorianische Spiegel beobachtete.

Im Gegensatz zur Protagonistin dieses Films hatte Elias niemandem von seinen Problemen erzählt – selbst auf die Frage nach seinen verbrannten Haaren hatte er mit einer Notlüge reagiert und behauptet, das wäre noch vor dem Unfall passiert – und er musste nicht befürchten, von jemand anderem als sich selbst für verrückt gehalten zu werden. Doch was war mit den anderen Dingen? Einzig am Hängeschrank über dem Waschbecken im Bad gab es überhaupt einen Spiegel. Da er dahinter sein Rasierzeug und seine Zahnputz-Utensilien lagerte, war auszuschließen, dass es sich um die Sorte Spiegel handelte, durch die man Menschen beobachten konnte. Ein anderer Punkt ließ sich nicht so einfach abhaken: Waren die Wände dieses Hauses hohl und Tommy geisterte im Raum zwischen den Räumen herum?

Vorsichtig klopfte Elias gegen die Wand neben der Treppe, die natürlich nicht hohl klang. Die Außenwand des Gebäudes war solide. Doch was war mit den übrigen? Das Haus war in einer Zeit gebaut worden, in der die Menschen sich vor dem Krieg gefürchtet hatten, auch wenn er nicht vor der eigenen Haustür tobte. Er dachte an seinen doch schon eine Weile zurückliegenden Geschichtsunterricht und das, was der Lehrer über die Juden in Deutschland erzählt hatte, die sich vor den Nazis versteckten. Sie hatten großen Einfallsreichtum bewiesen, wenn es darum ging, Verstecke zu schaffen, die bei einer Hausdurchsuchung von SS-Männern nicht entdeckt würden. War es möglich, dass man auch in seinem Haus einen solchen Ort geschaffen hatte? Einen, auf den kein Schwein – und auch kein Elias – je im Leben kommen würde?

Kapitel 21

So wenig er es selbst glauben konnte – der Abend und die Nacht waren vergangen und am nächsten Morgen saß Elias immer noch auf dieser verfluchten Treppe. Tag drei war angebrochen.

Immer wieder war er kurz eingenickt und inzwischen tat ihm der Hintern vom vielen Sitzen weh. Auch ansonsten waren die harten Stufen nicht gerade das, was man sich unter einer bequemen Schlafstätte vorstellte. Diese Umstände und entsetzliche Albträume hatten dafür gesorgt, dass der Schlaf stets nur von kurzer Dauer war. Nun machte es der Ruf der Natur ihm unmöglich, weiter dort hocken zu bleiben. Die Wasserflasche, die er mitgebracht hatte, war leer getrunken und während der Nacht hatte er hineinuriniert, aber nun drängte ein größeres Geschäft.

Der Geruch im Badezimmer war schlimmer als am Vortag. Nachdem Elias auch noch die letzten Nahrungsreste aus seinem Körper entlassen und sie dem Porzellangott zum Geschenk gemacht hatte, betätigte er, ohne nachzudenken, die Spülung. Erst als er hörte, wie das Wasser durch die trockenen Leitungen rauschte, was nach Tagen, in denen vollkommene Stille im Haus geherrscht hatte, klang, als würde ein Tsunami hindurchfluten, wurde ihm bewusst, was er getan hatte. Unmöglich, dass Tommy das nicht ebenfalls gehört hatte. Und somit war die ganze Warterei völlig für den Arsch gewesen!

»So eine Scheiße!«, fluchte Elias laut und vernehmlich. Wozu zum Teufel sollte er sich jetzt noch zurückhalten? »So eine verfickte Dreckskacke, so ein gottverdammter Bullshit!« Gewöhnlich fluchte Elias nicht – seine Mutter hatte ihn zu gut erzogen –, und vielleicht hing es sowohl damit als auch mit dem gerade erledigten Geschäft zusammen, dass seine Schimpfwortsuche ausschließlich in eine fäkale Richtung verlief.

Nach Tagen voller Selbstbeherrschung packte ihn nun die Wut. Elias stürmte aus dem Badezimmer, rannte die Treppe hinab und schnurstracks hinaus in die Garage. Er war derart in Rage, dass er nicht einmal das Vibrieren seines Handys in seiner Hosentasche beachtete – Cathy, die ihm einen guten Morgen wünschte, weil sie ihn vom Küchenfenster aus das Haus verlassen sah –, sondern nach dem größten Hammer suchte, den er besaß. Den in der Hand, rannte er zurück nach drinnen und direkt zu der Holzwand, die den Raum unter der Treppe vom Rest des Flurs trennte.

Wutentbrannt schlug er auf das Holz ein, mit aller Kraft, die er aufbieten konnte. So lange, bis die alten, maroden Bretter rissen, splitterten oder unter seinen Hammerschlägen erzitternd zu Boden gingen. Er ging so energisch vor, dass er abrutschte und die gezackten Enden des geschlagenen Loches an seinem Arm entlangschrammten und seine Haut aufrissen. Blut tropfte aus der länglichen Wunde, rann an seinem Arm entlang und spritzte, als er erneut ausholte und mit unverminderter Kraft auf die Wand eindrosch.

Elias war so verdammt wütend!

Als er fertig war, war so viel Schutt in den Hohlraum unter der Treppe gehagelt, dass sich dort ganz sicher niemand mehr verstecken konnte.

Kapitel 22

Der Abriss zum Hohlraum unter der Treppe hin hatte ausgereicht, um sich auszutoben. Elias hatte sich abgeregt, die Wunde an seinem Arm gesäubert und eine Kleinigkeit gegessen. Von nun an würde er methodisch vorgehen. Der größte Teil des Bodens im Erdgeschoss war noch immer mit einer unversehrten Mehlschicht bedeckt, weshalb er diesen Bereich als gesichert betrachtete. Zudem erschien es ihm wahrscheinlicher, irgendwo im unteren Stockwerk auf ein geheimes Versteck zu stoßen. Und aus genau diesem Grund würde er mit seiner Suche oben beginnen. Es galt, einen Ort zu finden, den ein einfallsreicher Geist so ins Haus integriert hatte, dass er existierte, obwohl es aller Wahrscheinlichkeit widersprach. Als Allererstes würde er daher die genaue Deckenhöhe im oberen Stock ermitteln. Im Bereich der Luke hatte die Decke, die den ersten Stock vom Dachboden trennte, definitiv keinen doppelten Boden. Das wäre ihm beim Aufstieg aufgefallen. Folglich musste die Decke in den restlichen Räumen des Obergeschosses ebenso hoch sein – und das ließe sich leicht mit einem Zollstock überprüfen.

Die derartige Ausmessung des Stockwerks ergab, dass die Decke überall gleich hoch war und es dort oben kein Geheimversteck geben konnte.

Anders fiel das Ergebnis aus, als er die Deckenhöhe im Erdgeschoss gleichermaßen überprüfte. Tatsächlich fand Elias bei seiner Messung einen Raum, in dem die Decke etwas niedriger abgehängt war als in den anderen. Und er war nicht sonderlich überrascht, dass dies genau im Versorgungsraum neben der Küche der Fall war, in dem auch der hinter einem Regal verborgene Zutritt zum Zwischenraum unter der Treppe lag.

Elias' Herz pochte vor Aufregung so stark, dass er das Schlagen im Hals spürte und das Rauschen des Blutes seine Ohren erfüllte, als er die Leiter holte und aufstellte. Auf dem Weg hatte er noch die Pistole von der Treppe eingesammelt. Nur zur Sicherheit.

Wieder kam der Hammer zum Einsatz.

Schutt regnete auf Elias herab, als er auf die Decke eindrosch, bis er ein Loch geschlagen hatte, durch das er passen würde. Er ließ den Hammer fallen und rieb sich die schweißnassen Hände am Hosenboden der Jeans trocken, bevor er seine Waffe zog und sie entsicherte.

Elias wusste nicht, ob Tommy dort oben kauern und auf ihn warten würde oder ob er lediglich den Zugang zu einem System entdeckt hatte, das es zu erkunden gab. Wieder kam ihm der Film mit den Hohlräumen in den Sinn – und der Gedanke, ein Portal in die geheime Zwischenwelt eines Wahnsinnigen zu durchschreiten, wenn er sich jetzt dort hoch wagte.

Aufgeregt und auch ein wenig ängstlich war er, das musste Elias sich eingestehen, aber er würde auch mutig sein, diesem Irren die Stirn bieten und als strahlender Held aus dieser Geschichte hervorgehen.

»Na los! Jetzt geht es dem Schweinehund an den Kragen!«, motivierte er sich. Er überwand die letzten Sprossen der Leiter und reckte sich, mit der Hand voran, die die Waffe hielt, dann den Rest folgen lassend, hoch zum Einstieg. Er schob die Hand durch das Loch, zielte blind nach links, dann nach rechts, wie die Polizisten in Filmen, wenn sie ein Haus stürmten und dessen Räume sicherten. Falls Tommy dort oben steckte, sollte er wissen, dass Elias bewaffnet und bereit war, ihn zur Strecke zu bringen. Dann stieß seine Hand gegen irgendetwas und Elias erschrak. Fast schon automatisch krümmte sich sein Zeigefinger und löste einen Schuss aus, der laut durch das Haus donnerte. Ein sofort folgendes Geräusch, das klang, als würde Metall auf Metall treffen, verwandelte die Kugel in einen Querschläger. Wie ein Bumerang kehrte sie zu ihm zurück und traf seinen Unterarm.

Mit einem erschrockenen Aufschrei ließ er die Waffe fallen, die scheppernd zu Boden fiel, und zog die Hand aus dem Loch, um die Wunde zu inspizieren. Zum Glück nur ein Streifschuss! Elias blutete kaum, zitterte jedoch am ganzen Leib und brauchte einen Moment, um sich zu sammeln.

Als er seinen Kopf durch die Öffnung steckte und seine weit aufgerissenen Augen sich an das Halbdunkel gewöhnten, stieß Elias einen durchdringenden Schrei aus.

***

Es dauerte mehrere Minuten, bis Elias sich beruhigte. Seinem Schrei der Frustration, der noch in seinen Ohren gellte, folgten Tränen der Enttäuschung, die nur langsam versiegten. Er war so überzeugt davon gewesen, das Rätsel um den heimlichen Mitbewohner endlich zu lösen, dass es einem Schlag ins Gesicht glich – *volle Breitseite mitten in die Fresse* –, sich eingestehen zu müssen, dass er die Decke ganz umsonst aufgerissen hatte. Zwischen ihr und dem oberen Stockwerk befanden sich Leitungen und Kabelverbindungen, die man von hier aus verlegt hatte, um die Küche und das Badezimmer mit Strom und Wasser zu versorgen. Sonst nichts. Kein Versteck, kein geheimes Portal, kein Tommy, für den war gar nicht genug Platz.

Ein anderer hätte nun vielleicht aufgegeben, nicht aber Elias, der Beharrlichkeit und Durchhaltevermögen, wenn es darum ging, ein gestecktes Ziel zu erreichen, zu seinen Stärken zählte.

Wenn du nicht hier steckst, dann steckst du woanders, dachte er grimmig. *Ich werde dich finden, das schwöre ich! Und wenn es so weit ist, dann gnade dir Gott, du kleiner Scheißer!* Inzwischen war er dazu übergegangen, in Gedanken mit Tommy zu sprechen. Eine Folge der Langeweile oder des – *beginnenden?* – Wahnsinns?

Als Nächstes würde er sich die Wände im Obergeschoss vornehmen. Akribisch klopfte er jede einzelne davon ab, bis er in dem früheren Kinderzimmer, worauf die verspielten Tapeten hindeuteten, eine Stelle fand, die hohl klang.

Vergleichend klopfte er ein Stück weiter links, dann wieder dort, wo das Geräusch plötzlich abwich, und weiter rechts davon. So ermittelte er einen Bereich, der etwa einen halben Meter breit und mannshoch war und sich dann niedriger, nur noch halb so hoch, weitere anderthalb Meter nach rechts ausdehnte. Er stufte ihn als verdächtig ein.

Diesmal zögerte Elias, bevor er ausholte und zuschlug. Er würde sich ärgern, wenn sich dahinter wieder nur einen Leitungsschacht oder Ähnliches befand. Andererseits wirkte der hohl klingende Bereich zu breit, um ausschließlich dafür da zu sein, ein paar Leitungen zu verlegen – und die Notwendigkeit, wasserführende Rohre zu installieren, hatte an dieser Stelle gewiss nie bestanden.

Seis drum, dachte Elias und ging das Risiko ein, einen weiteren unnötigen Schaden an seinem Wohneigentum zu verursachen. Schwungvoll ließ er den Hammer gegen die Wand krachen.

Es dauerte nicht lange, bis er das erste Loch in die Tapete und die darunterliegende Wand geschlagen hatte, was eine Unterkonstruktion zum Vorschein brachte, die Elias fachmännisch als Rigipsplatte identifizierte. Dieses eher neuzeitliche Baumaterial hatte mit Sicherheit erst viele Jahre nach dessen Erbauung seinen Weg ins Haus gefunden. Ja, das sah vielversprechend aus! Elias hämmerte auf die Wandverkleidung ein, bis er zwei Löcher hineingeschlagen hatte, die groß genug waren, um hineinzugreifen. Er steckte den Hammer in den Gürtel, um beide Hände frei zu haben, packte die Rigipsplatte und wollte gerade daran zerren, als ihn ein Vibrieren in seiner Hosentasche aus dem Konzept brachte. Obwohl er es kaum erwarten konnte, herauszufinden, was sich hinter dieser Wand befand, ließ er diese ganz automatisch los und griff nach seinem Handy. Ein gut dressierter Großstadtaffe, der dem Ruf der Technik folgte. Er entsperrte das Display und überflog die Nachrichten von Cathy, die er bisher ignoriert hatte. Vom ›Guten Morgen‹ bis zur Frage, was für ein beschissenes Spiel er eigentlich mit ihr spielte, war alles dabei. Anscheinend hatte sie sich in den letzten Stunden alles Mögliche zusammengereimt, nur sicher nicht das, womit er hier zu kämpfen hatte.

Elias seufzte, steckte das Handy zurück in die Hose. Um Cathy und darum, die Irrtümer aufzuklären, an die sie momentan glaubte, würde er sich später kümmern. Seine Finger legten sich erneut um den Rand der Löcher, packten zu und zerrten daran, bis die Gipskartonplatte sich krachend vom Rest der Wand löste.

Elias, der mit seinem ganzen Gewicht daran hing, taumelte nach hinten, stolperte und landete auf dem Hosenboden. Das herausgelöste Baumaterial folgte seinem Kurs und fiel auf ihn.

Hustend drehte Elias sich auf den Bauch, stemmte sich auf alle viere und kroch aus den Trümmern der Gipskartonplatte hervor. Er stand auf, klopfte sich mit einer Hand den Staub von der Kleidung und zog mit der anderen den Hammer aus dem Gürtel. Damit zumindest nicht gänzlich unbewaffnet – die Pistole hatte er unten im Versorgungsraum gelassen –, drehte er sich zum geschaffenen Loch in der Wand um, gespannt, was er nun finden würde.

Der Schrei, den Elias diesmal ausstieß, klang nicht frustriert, sondern entsetzt.

Kapitel 23

»Lass mich nach oben! Ich will zu meiner Mama. Ich will in das Zimmer oben, zu meiner Mama!« Tommys Stimme, aus Elias' Erinnerung emporsteigend, gellte durch seine Synapsen, die bei der Verarbeitung dessen, was seine Augen sahen, beinahe durchbrannten.

Er hatte ›Mama‹ gefunden!

Elias hatte keinerlei Zweifel an der Identität der ausgetrockneten und mumifizierten Leiche, deren ledrige Haut über den Knochen spannte. An manchen Stellen ragten sie auch daraus hervor. Ein paar Finger hatten ihren Halt im Skelett längst verloren – oder Elias hatte sie bei seiner Hammerattacke abgeschlagen – und lagen verstreut auf dem Boden des schmalen Verschlags, in dem Harolds Frau Vivienne ihre letzte Ruhestätte gefunden hatte. Das Brautkleid, das sie trug, war das von den Fotos. Elias erkannte es sofort.

Ihr Schädel ließ vermuten, woran sie gestorben war. Ursache war höchstwahrscheinlich eine Kopfverletzung, entstanden durch Gewalteinwirkung. Ein haarfeiner Riss zog sich, durch die ledrige Haut gut sichtbar, bis vor zur Stirn, ausgehend von einer eingedellten Stelle am Hinterkopf, was Elias entsetzt zur Kenntnis nahm, während die Mumie vornüberkippte und vor seinen Füßen landete.

Schlimmer jedoch waren die ebenso vertrockneten Leichen der drei Kinder, die in dem niedrigeren Bereich daneben untergebracht waren. Sie kauerten förmlich auf dem Boden und ihre in dieser Haltung erstarrten Arme umklammerten ihre Knie. Genau so, wie Tommy seine Arme um seine Beine geschlungen hatte, wenn er seinem Selbstberuhigungsritual nachgegangen war.

Elias konnte den Anblick nicht länger ertragen und wandte sich ab. Sein Blick fiel auf die Trümmer der Gipskartonplatte, hinter der sich dieses bestialische Diorama versteckt hatte. Eigentlich kein Anblick, der das Grauen noch verstärken sollte, doch dann registrierte er ein Detail, das seine Vorstellungskraft sprengte: An der Stelle, an der Vivienne gestanden hatte, befanden sich tiefe Kratzspuren im Gipskarton!

Außer sich vor Entsetzen, stieß Elias einen weiteren Schrei aus und rannte aus dem Zimmer. Er stürmte die Stufen hinab und in die Küche, wo er sich schwer atmend über das Waschbecken lehnte und in den Abfluss starrte. Er brauchte einen Moment, um sich zu sammeln.

Was war damals geschehen? Hatte Harold – oder Tommy? – Vivienne und die drei Pflegekinder umgebracht und sie dort oben beerdigt, ohne zu wissen, dass sie noch am Leben war? Oder war die Lebendbestattung bewusst und mit voller Absicht vollzogen worden? Elias dachte an die Bilder von Vivienne, an die mit einer Kippe ausgebrannten Augen. Das zeugte von Hass und legte die Vermutung nahe, dass genau das der Fall sein konnte.

Was sollte er nun machen? Er musste die Polizei verständigen, ganz klar, und die mussten die Leichen aus dem Haus schaffen. Und wenn sie schon mal dabei waren, könnten sie auch gleich die Fahndung nach Tommy einleiten und dafür sorgen, dass Elias endlich wieder beruhigt schlafen konnte. Doch zuerst würde er sich zumindest etwas frisch machen und dann rüber zu Cathy gehen, um ihr alles zu erzählen. Er wollte ohnehin raus aus diesem Horrorhaus und so weit weg von den mumifizierten Leichen, wie es nur ging. Er konnte den Anblick der Skelette, die in einem Kinderzimmer mit abblätternden Tapeten hinter den Bruchstücken einer Wand saßen, aus der sie sich zu Lebzeiten nicht rechtzeitig befreien konnten, nicht aus dem Kopf bekommen. Womöglich könnte er das niemals. Auf jeden Fall wollte er sich nicht länger als unbedingt notwendig in ihrer Nähe aufhalten. Die Polizei konnte er auch von Cathy aus rufen.

»Eins nach dem anderen«, sprach er mit sich selbst. »Erst mal beruhigst du dich, dann wäschst du dir das Gesicht. Und dann gehst du rüber zu ihr und …«

Gerade, als Elias den Hammer weglegen und den Wasserhahn aufdrehen wollte, erstarrte er mitten in der Bewegung.

Da war ein Geräusch!

Schritte!

Jemand war hinter ihm!

Tommy!

Ohne auch nur eine Sekunde darüber nachzudenken, ging Elias in den Angriffsmodus. Statt ihn loszulassen, packte er den Hammer fester, wirbelte herum – und traf Cathy!

Kapitel 24

Kurz zuvor, im Nachbarhaus

Cathy hatte genug davon, auf eine Antwort zu warten, die nicht kam. Was bildete sich dieser Arsch eigentlich ein? Zwei Abende hintereinander hatte er sie versetzt und nun las er nicht mal mehr ihre Nachrichten, obwohl er ganz offensichtlich zu Hause war und demnach ruhig eine Minute für sie erübrigen könnte. Und das, nachdem sie kurz zuvor zum ersten Mal miteinander geschlafen hatten.

War es das? War Elias einer der Typen, die schlagartig das Interesse verloren, wenn sie eine Frau erst mal ins Bett gekriegt hatte? Nie und nimmer hätte sie ihn so eingeschätzt, doch wundern durfte man sich heutzutage anscheinend über nichts mehr, wenn es um Partnerschaften ging. Und erst recht nicht, wenn es sich um flüchtige Liebschaften handelte, an denen die eine Seite mehr Interesse zeigte als die andere.

Cathy war keines der Mädchen, das besonderes Pech bei der Wahl ihrer Männer hatte, doch sie hatte Freundinnen, die die abstrusesten Erlebnisse gehabt und ihr davon erzählt hatten. Eine von ihnen war ganze sechs Monate mit einem Typen zusammen gewesen, der von einem Tag auf den anderen wortlos aus ihrem Leben verschwunden war. Und zwar ohne, dass dem ein Streit vorangegangen oder sonst was passiert war, was dieses Verhalten erklärt hätte. Er blockierte sie in sämtlichen sozialen Netzwerken und bei WhatsApp und sperrte auch ihre Telefonnummer, sodass sie ihn nicht mal anrufen und fragen konnte, was diese Scheiße eigentlich sollte. Dafür gab es anscheinend sogar einen Fachbegriff: Ghosting.

Nun fragte sich Cathy, ob sie gerade zum ersten Mal in ihrem Leben geghostet wurde. Die Vorstellung brach ihr beinahe das Herz, denn sie hatte sich bis über beide Ohren in Elias verknallt. Wenn das, was mit ihm so vielversprechend begonnen hatte, auf eine so unschöne Weise zu einem ungeplanten One-Night-Stand verkommen würde, hätte sie daran ganz schön zu knabbern.

Mittlerweile war es gute drei Stunden her, dass sie ihm einen guten Morgen gewünscht hatte. Die Nachricht war ungelesen und unbeantwortet geblieben. Als sie wenig später eine zweite hinterherschickte und fragte, ob bei ihm alles okay wäre, erzielte sie dasselbe Resultat. Nun wurde ihr das Ganze zu bunt. Vielleicht war es an der Zeit, den Kuschelkurs zu verlassen und andere Töne anzuschlagen. Obwohl sie wusste, dass sie sich blöd vorkäme, wenn sie ihm nun abermals schreiben und keine Antwort erhalten würde, flogen ihre Finger übers Display ihres Handys.

»Elias, willst du mich eigentlich verarschen? Ich frage mich, was für ein krankes Spiel du da mit mir spielst. Ich habe ernsthaft geglaubt, wir beide würden etwas füreinander empfinden, doch anscheinend habe ich mich geirrt. Andere Rückschlüsse lässt dein momentanes Verhalten kaum zu. Was sagst du dazu?«

Kurz darauf verrieten zwei blaue Häkchen, dass er die Nachricht nicht nur erhalten, sondern auch gelesen hatte. Und wieder blieb er ihr eine Antwort schuldig. Nicht mal ein ›Melde mich später‹ kam, was auch dann, wenn er gerade mit irgendeiner Reparatur beschäftigt war, schnell getippt gewesen wäre.

Cathy hatte nicht nur das Haus ihrer Eltern, sondern auch das Temperament ihrer Mutter geerbt, die italienische Vorfahren gehabt hatte. Es brach nicht oft durch, aber wenn, dann war das sprichwörtliche Polen offen. Nun geriet ihr Blut in Wallung, was selten vorkam und noch seltener gut ausging.

Gewöhnlich hätte Cathy versucht, sich mit irgendetwas anderem zu beschäftigen und sich abzulenken – irgendwelchen Idioten nachzurennen war normalerweise nicht ihre Art –, bis der gröbste Ärger verflogen war. Sie hasste es eigentlich, so impulsiv zu reagieren und bemühte sich stets um besonnenes Handeln. Diesmal fiel es ihr jedoch denkbar schwer, sich zurückzuhalten. Im Stillen verfluchte sie sich dafür, sich mit jemandem aus der Nachbarschaft eingelassen zu haben. Die räumliche Distanz zwischen ihnen war gering. Wenn es aus und vorbei wäre mit ihnen beiden, dann müsste sie seine Visage trotzdem weiterhin ertragen. Sicher würde er ihr täglich über den Weg laufen …

… *und ich ihm!*, ergänzte Cathy in Gedanken. *Ha! Diesem Arsch wird schon noch aufgehen, wie schwer es ist, jemanden zu* ghosten, *der direkt nebenan wohnt!*

Schon war sie bei der Tür und schlüpfte in ihre Schuhe.

Als sie bei ihm drüben angekommen war, drückte sie versuchsweise gegen die Haustür. Elias hatte den Türschnapper umgelegt, als er vorhin in die Garage gegangen war, sodass sie sich auf Druck hin öffnete. Ohne anzuklopfen oder sich sonst irgendwie bemerkbar zu machen, trat sie ein – und traute ihren Augen kaum. Was zur Hölle hatte Elias hier veranstaltet? Überall auf dem Boden war ein weißes Pulver verstreut und unter der Treppe lag ein Haufen Schutt.

Okay, offenbar hat er die Verkleidung rausgerissen, stellte sie fest. *Aber was hat es mit dem Pulver auf sich? Ist das Mehl?* Sie konnte sich keinen Reim darauf machen. War er durchgeknallt?

Eine im Mehl hinterlassene Spur, der sie folgte, führte von der Treppe zur Küche. Und tatsächlich:

Da war er. Elias stand über die Spüle gebeugt da und murmelte irgendetwas vor sich hin.

Sie näherte sich ihm. Anscheinend hatte er sie bemerkt, denn es kam Bewegung in ihn. Cathy wollte gerade den Mund aufmachen, um etwas zu sagen, als er sich umdrehte – und sie die flache Seite des Hammers auf ihren Kopf zurasen sah. Dann wurde ihr schwarz vor Augen.

Kapitel 25

Fassungslos stand Elias vor Cathys reglosem Körper. Die war bewusstlos gewesen, noch bevor sie den Boden erreicht hatte. Überzeugt davon, Tommy zum Gegner zu haben, hatte Elias alle Kraft in diesen einen Überraschungsschlag gesteckt. Mit ihr hatte er überhaupt nicht gerechnet!

Als er sah, was er angerichtet hatte – Blut troff aus einer großen Wunde an ihrem Kopf –, ließ er den Hammer fallen und sank neben ihr auf die Knie. Hatte er sie umgebracht? Vorsichtig schob er ihre Haare beiseite und warf einen Blick auf die Verletzung, die verheerend aussah. Mit zwei Fingern an ihrem Hals fühlte er den Puls, der zwar da, aber unglaublich schwach war. Er – Sie! – brauchte Hilfe!

Mit zitternder Hand zog er sein Handy hervor und wählte den Notruf.

***

Elsa Mueller, die in der Notrufzentrale seinen Anruf entgegennahm, forderte umgehend einen Rettungswagen an und alle in La Jolla im Einsatz befindlichen und verfügbaren Einheiten dazu auf, sich zum Haus des verwirrten Mannes zu begeben, den sie in der Leitung hielt. Sie fügte die Warnung hinzu, dass er womöglich gefährlich und bewaffnet wäre. Dann kehrte sie zurück zu dem Gespräch, das sie solange stummgeschaltet hatte.

»Sir, ich schicke Ihnen sofort Hilfe. Bitte bleiben Sie bis dahin in der Leitung und legen Sie nicht auf. Und erzählen Sie mir noch mal in aller Ruhe, was geschehen ist«, wendete sie an, was sie vor ein paar Wochen während einer Schulung gelernt hatte, bevor sie ihren ersten Arbeitstag in ihrem neuen Job antrat.

Bisher war dem Gestammel des Anrufers zu entnehmen gewesen, dass vier Leichen in seinem Haus lagen und er befürchtete, eine weitere Person – seine Freundin – mit einem Hammer erschlagen zu haben. Obendrein schien sich eine sechste Person, womöglich ein Kind namens Tommy, irgendwo im Haus vor ihm zu verstecken.

***

»Sagen Sie mir lieber, wie ich ihr helfen kann! Sie blutet! Cathy stirbt! Hier ist alles voll mit ihrem Blut!«, brüllte Elias hysterisch in sein Mobiltelefon.

»Sir! Beruhigen Sie sich!«

»Ich bin ruhig, verdammte Scheiße! So ruhig, wie man in dieser Situation nur sein kann! Ich würde Sie mal sehen wollen, wenn …« Er unterbrach sich selbst und sprach nun ruhiger und gefasster: »Soll ich versuchen, die Blutung zu stillen? Ich habe nichts Steriles, doch ich könnte ein Küchentuch auf die Wunde pressen und so …«

»Sir! Bitte bleiben Sie am Telefon und bleiben Sie weg von ihrem Opf…« Die Telefonistin stockte und korrigierte ihre Wortwahl hastig: »Bitte bleiben Sie von der Verletzten weg. Möglicherweise verursacht der Versuch, ihr zu helfen, nur größeren Schaden.«

Elias atmete tief durch. *Meinte diese Fot…?* Auch er korrigierte seine Wortwahl. *Wollte sie gerade eben Opfer sagen? Und ist das ihr Ernst? Ich soll Cathy einfach so da liegen und sie verbluten lassen, ohne auch nur zu versuchen, ihr zu helfen?*

Er sagte: »Die Haustür ist offen. Ihre Leute können einfach reinkommen.« Dann legte er auf.

***

Nachdem der Anrufer aufgelegt hatte, versuchte Elsa Mueller als Erstes, ihn wieder an den Apparat zu bekommen und rief ihn zurück.

Der Mann ging nicht ran.

Erneut öffnete Elsa die Funkverbindung und gab alle Informationen, die sie dem Gespräch mit ihm hatte entnehmen können, an die Einheiten weiter, die bereits auf dem Weg zum Einsatzort waren. Sie erteilte den dringenden Ratschlag, dass die Sanitäter unbedingt auf die Unterstützung der Polizei warten sollten, falls sie vor ihnen den Einsatzort erreichten. Auf keinen Fall sollten sie sich allein ins Haus wagen. Der Mann war vermutlich verwirrt und aggressiv und es gab mehr als nur ein Opfer. Und obendrein befand sich zu allem Überfluss auch noch ein Kind im Haus. Auch wenn Elsa noch nicht lange in diesem Job war, wusste sie: Die Sache hatte das Potenzial, zu einer Geiselnahme der übelsten Sorte zu werden!

***

Nachdem er aufgelegt hatte, warf Elias das Telefon beiseite. Während er zur Anrichte rannte, eine Schublade aufzog und hektisch einen Stapel Geschirrtücher hervorzog, klingelte es, was er ignorierte. Mit den Tüchern eilte er zu Cathy zurück. Ein paar davon faltete er mittig, hob ihren Kopf behutsam an und schob sie drunter. Sie würden das Blut aufsaugen und obendrein dafür sorgen, dass ihr verletzter Schädel, den er hart getroffen hatte, weicher lag. Das konnte sicher nicht schaden. Dafür, sich Gedanken um deren Sterilität zu machen, hatte er im Augenblick weder die Zeit noch die Nerven. Das Blut quoll noch immer aus ihrer Wunde, spritzte manchmal sogar ein wenig, als würde ihr Herz einen letzten Sprung machen wollen. Den Rest der Geschirrtücher presste er darum direkt auf die

Wunde und hielt sie fest. Möglicherweise konnte er so die Blutung nicht stoppen, aber durch den Druck würde sie bestimmt ein wenig eingedämmt.

Ein paar bange Minuten später, in denen er dagesessen, die Geschirrtücher gehalten und mit Durchhalteparolen und Entschuldigungen auf Cathy eingeredet hatte, hörte er die näherkommenden Sirenen der Einsatzkräfte.

Ist das die Polizei oder der Krankenwagen?, fragte er sich, während er darauf wartete, dass die Helfer endlich reinkamen.

Minutenlang geschah nichts

Irgendwas stimmt da nicht! Warum kommen die nicht rein?

Elias nahm sein Telefon in die Hand, um doch nochmals beim Notruf anzurufen.

Dann passierte alles auf einmal.

Kapitel 26

Die Einsatztruppen drangen von zwei Seiten gleichzeitig ins Haus ein. Während sie die Haustür nur kurz anstupsen mussten, benutzten sie eine Türramme, um durch die Hintertür zu gelangen. Draußen standen die Rettungskräfte bereit, falls drinnen etwas schiefgehen sollte.

Captain Crowley, der den Einsatz befehligte, hatte nach Elsa Muellers Zusammenfassung nicht lange gefackelt und den sofortigen Zugriff befohlen, bevor sich die Lage, wie von der Telefonistin befürchtet, zu einem Geiseldrama entwickeln konnte.

Nachdem einer seiner Männer die Hintertür aufgebrochen hatte, drängte er sich vorbei, die Waffe im Anschlag. Er würde zuerst reingehen.

»Hände hoch und weg von der Frau!«, brüllte Crowley, während er auf den überrascht zu ihm herumfahrenden Mann zielte, der dabei war, aufzustehen noch während er sich umdrehte. »Treten Sie ein paar Schritte zur Seite und legen Sie sich dann flach auf den Boden! Ich will die ganze Zeit über Ihre Hände sehen.«

Crowleys Nerven waren bis zur Zerreißgrenze angespannt. Es war nicht mal ein halbes Jahr her, dass er seinen früheren Partner verloren hatte, weil sie eine ähnliche Situation wie diese – ein Einsatz wegen häuslicher Gewalt, der eskalierte – unterschätzt hatten.

»Er hat eine Waffe!«, brüllte nun einer seiner Männer von hinten.

Crowley sah etwas Schwarzes in der Hand des Mannes, der ein paar Schritte zurückwich und dann die Arme senkte. Wieder fackelte er nicht lange, kniff das rechte Auge leicht zusammen, um präziser zielen zu können – und schoss.

***

Elias spürte die Kugel, die in seinen Brustkorb eindrang, bevor er den lauten Knall des Schusses hörte. Erst wie einen Wespenstich – ein unangenehmes Piken, dann ein furchtbarer Schmerz, der ihn von den Beinen riss.

Er landete hart auf dem Boden, nur ein Stück von Cathy entfernt, die weiterhin reglos dalag. Sein Blick landete auf ihrer Wunde, aus der immer noch ihr Lebenssaft floss.

Warum helfen die ihr nicht?, war sein erster Gedanke. Dann breitete sich der Schmerz wie ein Gift mit rasender Geschwindigkeit in seinem gesamten Körper aus und Elias hatte plötzlich Mühe, Luft zu holen. Die Kugel hatte seinen linken Lungenflügel durchschlagen. Ohne zu realisieren, was gerade geschehen war, versuchte er, sich aufzurichten. Er setzte dazu an, den Polizisten, der nun mit seiner Waffe im Anschlag auf ihn zukam, anzuschreien, er solle endlich was tun, damit sie nicht starb. Ein zweiter nahte direkt dahinter.

Stattdessen erbrach Elias einen Schwall Blut, als er den Mund öffnete. Besser gesagt, er hustete und drückte ihn raus, als wäre er ein Springbrunnen und seine Lunge die Pumpe, die die Fontäne am Laufen hielt. Dabei streckte er abwehrend die Hand nach vorn, auf die er sich nicht stützte, um den Polizisten zu signalisieren, dass er einen Augenblick brauchte, bis der Hustenanfall verklungen war.

***

Das Mobiltelefon in seiner Hand wurde Elias ein zweites Mal zum Verhängnis. Crowley sah nur, dass der Mann, den er mit seinem ersten Schuss voll erwischt hatte, anscheinend zur Gattung ›zäher Bastard‹ gehörte. Obwohl er Blut hustete, schien er sich nicht ergeben zu wollen, sondern versuchte, wieder auf die Beine zu kommen.

Als der Kerl Anstalten machte, seinen Arm hochzureißen, um seine Waffe in Anschlag zu bringen, schoss Crowley, ohne zu zwinkern, ein zweites Mal, traf und sah zu, wie der Täter vornüberfiel und direkt auf dem Gesicht landete.

Crowley grinste. Diesmal würde der Bastard nicht wieder aufstehen.

»Alles gesichert«, sagte er in sein Funkgerät. »Die Sanitäter können reinkommen. Sie sollen sich zuerst um die Frau kümmern.« Er nickte einem seiner Männer zu, der ebenfalls eine Ausbildung zum Sanitäter gemacht hatte, dann hin zu dem Angeschossenen. »Wenn sie versorgt ist, kannst du dich um den da kümmern. Macht sich besser, wenn er überlebt und dem Justizsystem zugeführt werden kann.« Er grinste, stolz auf seine Trefferkünste. Sein Blick streifte die restlichen Uniformierten, die mittlerweile die Küche betreten hatten. »Und ihr durchsucht den Rest des Hauses! Er sagte etwas von Leichen, die hier rumliegen. Außerdem ist es möglich, dass sich irgendwo ein Kind versteckt.« Ein Nicken hin zu der bewusstlosen Frau. »Das da ist vermutlich die Mutter. Hoffen wir, dass wir diesen Jungen – die Einsatzzentrale sagte, sein Name sei Tommy – schnell finden und er diesen Wahnsinn heil überstanden hat.«

Das Grinsen verging Crowley erst, als die Sanitäter herbeigeeilt und dabei waren, die Frau zu versorgen und sein Mann sich wie angewiesen um den Angeschossenen kümmerte.

Der drehte ihn auf den Rücken, wobei auch der schwarze Gegenstand aus dessen Hand glitt.

»Oh Scheiße, Captain«, sagte der Officer. »Der Typ hatte gar keine Waffe. Das war nur ein Telefon!«

Aus Triumph wurde Frust – das würde Crowley einen Haufen Papierkram bescheren und eine interne Ermittlung käme auf ihn zu. Womöglich würde man ihn sogar suspendieren, bis geklärt wäre, dass er in dieser Situation völlig richtig gehandelt hatte. Verdammt, am liebsten hätte er diesem Mistkerl dafür gleich noch eine Kugel verpasst!

Kapitel 27

Man hatte ihn ins Krankenhaus geschafft und dort in einer Notoperation die erste Kugel und die Hälfte seines linken Lungenflügels entfernt. Die zweite, die seine inneren Organe glücklicherweise verfehlt hatte, aber gefährlich nahe an seinem Rückgrat stecken geblieben war, hatte ein größeres Problem dargestellt. Die Chancen hatten fifty-fifty gestanden – bestenfalls –, dass es gelingen könnte, sie zu entfernen, ohne angrenzende Wirbel und das Rückenmark zu schädigen. Eine Lähmung war wieder einmal in greifbare Nähe gerückt.

Die Ärzte hatten dieses Wunder jedoch tatsächlich vollbracht und Elias ging es langsam besser. Heute durfte er nach drei Wochen sogar das Krankenbett verlassen. Doch das hieß nicht, dass es ihm gut ging. Elias befürchtete, dass die schlimmste Zeit seines Lebens noch vor ihm lag. Gemessen daran, dass er schon Tage als Gefangener seiner eigenen Treppe verbracht hatte und dabei von einem Wahnsinnigen angepinkelt, angezündet und angewichst wurde, obendrein verdorbene Lebensmittel konsumieren musste und nun auch noch in Folge einer Schussverletzung einen Teil der linken Lunge eingebüßt hatte, hieß das eine Menge.

Elias würde weder nach Hause noch in eine Reha-Einrichtung gehen. Stattdessen führte sein Weg ihn direkt in die Untersuchungshaft, die ein Richter angeordnet hatte. Zwar stand es außer Frage, dass die Leichen der Frau und Kinder, die er in der Wand gefunden hatte, nicht auf sein Konto gingen, da er das Haus erst kurz zuvor erworben hatte und sie eine lange Zeit dort geruht haben mussten. Doch was mit Cathy geschehen war, war eine gänzlich andere Geschichte. Man wollte ihm nicht abkaufen, dass es sich um ein Versehen gehandelt hatte, als er sie mit einem Hammer schlug. Stattdessen ging man von häuslicher Gewalt und einem Streit aus, der vollkommen eskaliert war.

Der Polizist, der ihn angeschossen hatte, sagte aus, Elias habe in bedrohlicher Position über dem Opfer gekniet und es wäre anzunehmen gewesen, dass er gerade zu Ende bringen wollte, was er begonnen hatte. Sein Team hätte gerade noch rechtzeitig eingegriffen. Alle anderen Polizisten, die bei diesem Einsatz die Küche gestürmt hatten, bestätigten diese Angabe ihres Captains und gaben darüber hinaus zu Protokoll, sie alle hätten Elias' Mobiltelefon im ersten Moment für eine Waffe gehalten.

Am unvorteilhaftesten wirkte sich jedoch aus, dass man sein Haus von oben bis unten durchsucht und keinen Tommy gefunden hatte, den man zu diesem Zeitpunkt noch für ein Kind in Gefahr hielt.

Dafür hatte man etwas anderes entdeckt, was Elias in ein falsches Licht rückte und ihn geradezu verrückt wirken ließ. Das Mehl, die eingerissenen Wände und die Decken, die er beschädigt hatte … Elias wusste selbst, was er im Haus angerichtet hatte und wie abstrus das, was er erzählte, auf Außenstehende wirken musste. Ihm war klar, was man von ihm dachte, auch wenn es ihm niemand ins Gesicht sagte. Denn offen zu äußern, dass Elias vollkommen durchgeknallt sei, hätte diesem womöglich den Weg dazu geebnet, auf Unzurechnungsfähigkeit zu plädieren und mit einem Freispruch davonzukommen. Oder zumindest mit einem ›Luxusaufenthalt‹ in einer psychiatrischen Klinik.

Seufzend blickte Elias auf, als die Beamten, die ihn in seine Zelle bringen sollten, sein Krankenzimmer betraten.

Unzählige Male waren Polizisten an sein Bett gekommen, um ihn zu vernehmen, bevor man ihn als transportfähig erachtet und auf die Krankenstation des Gefängnisses verlegt hatte, in dem er nun für bislang unbestimmte Zeit festsitzen würde. Von einem der Männer kannte er sogar den Vornamen. Jeffrey, der immer Scherze gemacht und mit Elias gesprochen hatte, als hätte der nicht alle Tassen im Schrank. Jedem einzelnen Beamten hatte er versucht zu erklären, was eigentlich passiert war, doch leider gab es niemanden, der seine Version vom Ablauf der Dinge hätte bestätigen können. Dass er vor dieser Verkettung unglücklicher Umstände keiner Menschenseele von Tommy erzählt hatte, trug ebenfalls nicht dazu bei, seine Geschichte zu untermauern. Niemand glaubte auch nur, dass dieser existierte, und nicht mal die Bilder, die Elias gefunden hatte, wurden als beweiskräftig angesehen, ganz egal, welch eindeutige Geschichte sie erzählten. Die alten Fotos, die teilweise mehrere Jahrzehnte auf dem Buckel hatten, sowie die Leichen in der Wand, konnten allenfalls erklären, was mit Harolds Frau und den Kindern geschehen war, von denen man damals geglaubt hatte, Vivienne hätte Harold verlassen und ihre Pflegesprösslinge mitgenommen. Die Beweiskraft, Elias aus dem Knast zu holen, besaßen sie nicht.

Cathy lag im Koma. Seit Wochen war ihr Zustand, nach allem, was Elias in Erfahrung bringen konnte, unverändert. Die Heilung ihrer Kopfwunde hatte zwar gute Fortschritte gemacht, äußerlich zumindest, doch niemand konnte sagen, welche Spätfolgen das schwere Schädel-Hirn-Trauma haben oder ob sie überhaupt jemals wieder aufwachen würde. Elias hoffte es inständig und auch, dass sie keine geistige Behinderung davongetragen hatte. Und zwar ihretwillen, nicht nur, weil ihm das womöglich die Haut retten könnte.

Anklagen würde man ihn, aller Voraussicht nach, wegen versuchten Totschlags, doch selbst dieses beschissene Blatt konnte sich noch verschlechtern. Dieser Tatbestand war nur gegeben, wenn Cathy am Leben blieb. Starb sie, drohte ihm eine Anklage wegen Totschlags oder gar Mordes.

Die Beamten, die nun vor ihm standen, waren normale Wärter aus Zellenblock B, in den sie ihn bringen würden.

Was nun folgte, war skurril: Eine der Schwestern, die sich um ihn gekümmert hatte, schob einen Rollstuhl heran und half ihm hinein.

»Aus versicherungstechnischen Gründen«, sagte sie dabei. Mit dem Rollstuhl brachte sie ihn bis zur Tür der Station, die das Ende des Bereichs markierte, in dem die Kranken kleine Privilegien genossen und geschont und umsorgt wurden.

Von hier an übernahmen die Wärter. Sie packten Elias und zerrten ihn aus dem Rollstuhl. Da ihm das Gehen noch schwerfiel, stützten sie ihn unter den Armen. Gewöhnt, kräftig anzupacken, schleiften und rissen sie ihn eher mit sich, als sich an sein verringertes Tempo anzupassen.

Elias stolperte mehr als dass er ging. Das Laufen schmerzte, vom Atmen ganz zu schweigen, und zudem schnürte ihm Angst die Kehle zu. Was würde ihn in Zellenblock B erwarten? Er hatte genug Filme gesehen, die ihn das Schlimmste befürchten ließen.

Frischfleisch, nichts anderes wäre er für die anderen Häftlinge und er wusste, was diese mit ihm anfangen würden. Und auch, dass es Gangs gab. Die Mexikaner, die Schwarzen, die Arier … Wenn auch nur ansatzhalber zutraf, was Hollywood über das Dasein im Knast berichtete, würde Elias Schutz brauchen. Denn selbst würde er sich nicht verteidigen können. Nicht in Anbetracht seines Zustands.

Als sich die Tür seiner Zelle zum ersten Mal hinter ihm schloss und er seinen Zellengenossen sah, hatte Elias einen dicken Kloß im Hals. Er nickte dem mexikanischen Hünen zu, der bis zum Hals tätowiert war und oberkörperfrei dasaß, damit man seine Gangabzeichen bewundern konnte. Er war so muskelbepackt, dass man aus einem seiner Oberarme leicht eins von Elias' Beinen hätte machen können. Ein waschechtes Sixpack zeugte vom harten und regelmäßigen Training, das er absolvieren musste, um so auszusehen. Seine Größe war schwer abschätzbar, da er vornübergebeugt auf einem der beiden Betten saß, doch Elias schätzte, dass der Mexikaner einen guten Kopf größer als er war. Ihm ging der Arsch auf Grundeis, obwohl der nicht unfreundlich zurücknickte.

Könnte ich diesen tätowierten Riesen als Freund gewinnen, hätte ich den Schutz, über den ich gerade nachgedacht habe, überlegte Elias. *Wofür er wohl sitzt?* Bedachte er, wie seine eigene Anklage lauten könnte, würde es ihn nicht wundern, wenn der Typ jemanden umgelegt hätte.

Förmlich aus dem letzten Loch pfeifend, schleppte er sich zu dem freien Bett und setzte sich. Er brauchte einen Moment, bis er ausreichend Luft bekam, um sich vorzustellen.

»Ich bin Elias«, sagte er und rang sich ein gequältes Lächeln ab. Nur kurz richtete er seinen Blick auf seinen Zellengenossen, unter dessen linkem Auge sich eine tätowierte Träne befand, dann schaute er sich im Rest der Zelle genauer um. Sie war spartanisch eingerichtet: zwei Betten, zwei Spinde, ein kleiner Tisch mit zwei Stühlen, ein Waschbecken und eine Toilette, die sich links neben der Tür befand. Ihm schauderte beim Gedanken, sein Geschäft künftig unter den Augen des Mannes verrichten zu müssen, der sich endlich zu einer Antwort herabließ.

»Juan«, kam es kurz und knapp von ihm, was wie ›Chuan‹ klang. Danach herrschte eine unbehagliche Stille, die nur von Elias' rasselndem Atem und den Geräuschen, die von draußen zu ihnen hereindrangen, durchbrochen wurde.

»Amigo«, sagte Juan schließlich, »wenn du nachts auch solche Geräusche machst, dann haben wir zwei ein Problem! Ich schwöre dir, dann ersticke ich dich mit deinem Kissen!«

Elias hatte das Gefühl, sein Herz würde ihm in die Hose rutschen. Auf seine Liste mit Problemen war soeben ein neues gewandert. Er wusste nämlich, dass sich die rasselnden Atemgeräusche noch verstärkten, wenn er sich hinlegte.

Kapitel 28

In der ersten Nacht tat Elias kaum ein Auge zu. Er bemühte sich, so leise wie möglich zu atmen und hatte sich sitzend gegen die Wand gelehnt, sein Kissen als Stütze im Rücken, statt sich hinzulegen.

Er lauschte dem lautstarken Schnarchen des massigen Mexikaners, in dem seine Atemgeräusche untergingen. Obwohl dieser einen halben Wald abholzte, hatte er einen leichten Schlaf und registrierte jede Kleinigkeit. Wann immer Elias sein Gewicht leicht verlagerte, weil seine Sitzposition zu unbequem wurde, quietschten die Sprungfedern seines Bettes und der Hüne wurde kurz zumindest halb wach. Dann schlug er die Augen auf – manchmal auch nur eines –, um einen schnellen, wachsamen Blick um sich zu werfen. Elias fragte sich, wie viel Knasterfahrung man sammeln musste, um derart leicht zu schlafen und beim kleinsten Geräusch so rasch zu reagieren.

Irgendwann schlief Elias doch ein – und wachte mit einem Gefühl der Panik wieder auf, als die Bettfedern des Mexikaners quietschten, weil dieser sich umdrehte.

Anscheinend braucht man gar nicht so viel Erfahrung, um ein derart schreckhaftes Schlafverhalten zu entwickeln, sinnierte Elias, während er darum kämpfte, seine Augen nicht sofort wieder zufallen zu lassen. Die Angst, jemand könnte einen im Schlaf mit einem Kissen ersticken, reicht völlig, um einen Menschen diesbezüglich zu sensibilisieren.

***

»Amigo«, sagte Juan am nächsten Morgen zu ihm, »du warst ganz schön laut letzte Nacht! Ich hab kaum ein Auge zugetan.« Offenbar war er ein Morgenmuffel, mit dem kurz nach dem Aufstehen nicht gut Kirschen essen war, denn er setzte hinzu: »Ich war nachsichtig, weil es die erste Nacht war und du offensichtlich einiges durchgemacht hast, aber eins sage ich dir, *Pan blanco*: Wenn das so weitergeht, bist du ein toter Mann!«

›*Pan blanco*‹ bedeutete ›Weißbrot‹, so viel Spanisch verstand Elias, der hoffte, dass diese Morddrohung nur die überspitzt formulierte Version von ›Wäre nett, wenn du dir Mühe gibst, nachts möglichst leise zu sein‹ war. Er fragte sich, wie er das schaffen sollte. Darauf, wie laut oder leise er im Schlaf atmete, hatte er nun mal keinen Einfluss. Und er konnte nicht ewig wach bleiben.

Er verkniff es sich, Juan auf dessen eigenes Schnarchen hinzuweisen und murmelte ein: »Tut mir leid, Mann! Seit man mir den halben Lungenflügel rausgenommen hat …«.

Das weckte Juans Interesse. »Was ist passiert, Alter? Hattest du einen Unfall oder so?«

»Nein, ich wurde angeschossen, von einem Cop. Obwohl ich unbewaffnet war.«

»Scheiße, Mann!«, sagte der Mexikaner, nun voll auf Elias' Seite. »Diese verdammten Bullenschweine! Meinen Bruder haben sie auch erschossen! Wir haben Drogen von Tijuana in die Staaten geschmuggelt und wurden erwischt.« Er spuckte verächtlich auf den Boden ihrer Zelle. »Verdammte Bullenschweine!«, murmelte er ein weiteres Mal. Dann stand er auf, ging zur Toilette und pinkelte ausdauernd. Ihm schien es nichts auszumachen, dass Elias ihn dabei beobachten konnte.

Als er fertig war, schüttelte Juan die letzten Tropfen Urin ab, die an seinem Schwanz hingen, und drehte sich um, ohne diesen zurück in die Hose zu stecken. Er musterte Elias, der rasch den Blick abwendete.

»Gefällt dir, was du siehst, *Tonto*?« Das hieß Dummkopf. »Ich sag dir was! Ich hab eine großartige Idee!« Juan kam näher, seinen Penis mit einer Hand festhaltend, und ließ ihn auf und ab wippen. »Wenn du ihn mir lutschst und deine Sache gut machst, bin ich bereit, über den Lärm in der Nacht hinwegzusehen. Was hältst du davon?«

Davon hielt Elias nicht das Geringste, doch er wusste auch nicht, was er dagegen tun sollte. Körperlich war ihm der Riese um ein Vielfaches überlegen und weglaufen konnte er nicht.

Warum läuft in meinem Leben neuerdings alles darauf hinaus, dass ein anderer Mann versucht, mir seinen Schwanz in den Mund zu stecken?, fragte Elias sich, dem das Folgende unvermeidlich schien. *Vielleicht sollte ich es einfach hinter mich bringen. Augen zu und durch!*

Also schloss er seine Augen und öffnete die Lippen, gegen die sich fordernd der mexikanische Prachtprügel drängte. Elias unterdrückte seinen Würgereiz, als Juan zuerst seine Eichel und dann einen beträchtlich größeren Teil seines Schwanzes in seinen Mund schob.

Mit kraftvollen Stößen und in sich steigerndem Tempo fickte der Mexikaner seine Kehle, bis er abspritzte, während Tommy in Elias' Kopf kreischte: *»Los, lutsch ihn, du kleiner Bastard! Lutsch ihn, bevor ich ihn dir in deinen dreckigen kleinen Arsch schiebe!«*

Kapitel 29

Nach drei Tagen, an denen das Aufwachprozedere immer gleich abgelaufen war, bekam Elias zum ersten Mal Besuch von seinem Anwalt. Zu seinem Glück war der keiner der unmotivierten Pflichtverteidiger, die ihren niedrigen Stundensatz beklagten. Viel eher würde er seine Eltern, gemessen an deren Verhältnissen, ein kleines Vermögen kosten. Sein Anzug sah zwar aus, als käme er von der Stange, doch er wirkte auf den ersten Blick seriös und kompetent und in Elias keimte die Hoffnung auf, dass dies vielleicht der Mensch war, der ihm tatsächlich helfen konnte.

Unter ›helfen‹ verstand Elias selbstverständlich, dass er ihn aus dem Gefängnis holen würde, und zwar nicht nur auf Kaution bis zur Verhandlung. Er erwartete, dem Anwalt nun detailgetreu schildern zu können, was tatsächlich geschehen war, und Glauben geschenkt sowie eine Lösung angeboten zu bekommen.

Elias' Erwartungshaltung stellte sich als überzogen heraus und seine Hoffnungen schwanden, als er zu seinen Erklärungen ansetzte und der Anwalt ihn unterbrach, indem er abwinkte.

»Ich habe die Akte gelesen und kenne Ihren Fall. Heute haben wir nur eine halbe Stunde, die Gesprächszeit ist begrenzt.« Um seine Worte zu unterstreichen, tippte er mit dem Zeigefinger auf das Ziffernblatt seiner teuer aussehenden Armbanduhr. »Leider spricht die Beweislage eindeutig gegen Sie. Neben dem Blut der Geschädigten wurde ausschließlich Ihres am Tatort gefunden und die Rekonstruktion des Tathergangs legt nahe, dass Sie wussten, wen Sie erschlugen, auch wenn Sie die Sache anders darstellen. Der Schlag traf die Geschädigte an der Schläfe und die Forensiker der Polizei sagen, Sie müssen ihr direkt gegenübergestanden und ins Gesicht gesehen haben, als Sie ihn ausführten. Lassen wir mal dahingestellt, ob es so oder anders war …«

Elias nutzte die Gelegenheit, als der Anwalt kurz Luft holte, *nicht* dahingestellt zu lassen, wie alles passiert war. »Ich hatte ihr, beziehungsweise dem vermeintlichen Angreifer, den Rücken zugekehrt und habe den Schlag in der Drehung ausgeführt. Als ich erkannte, wen ich vor mir hatte, war es bereits zu spät und die Bewegung nicht mehr aufzuhalten. Seit ich das Haus habe, treibt sich darin ein Penner herum, der Pflegesohn des früheren Besitzers, der …« Weiter kam er nicht.

»Hören Sie, wenn Sie oder Ihre Eltern das Geld dafür aufbringen können, kann ich versuchen, Sie trotz der Schwere des Ihnen vorgeworfenen Vergehens auf Kaution freizubekommen. In Anbetracht

Ihres gesundheitlichen Zustands … Diesen führen wir auf einen ungerechtfertigten Schusswaffengebrauch seitens der Polizei zurück. Da Sie keine Waffe hatten und somit in dem Moment, in dem geschossen wurde, keine tatsächliche Bedrohung darstellten, sollte es kein Problem sein, den Richter bezüglich einer Freilassung auf Kaution milde zu stimmen. Haben Sie bereits daran gedacht, den Officer zu verklagen, der geschossen hat?«

Fast war es, als würden Dollarzeichen in den Augen des Anwalts aufleuchten. Elias schüttelte benommen den Kopf. Die Bank, bei der er einen Kredit aufgenommen hatte, um sein Haus zu finanzieren, würde ihm gewiss keinen zweiten anbieten. Nicht in seiner Situation. Und woher sollten seine Eltern eine größere Summe nehmen, wenn sie schon für seine Verteidigung aufkommen mussten? Sie konnten nicht auch noch den Anwalt für die Vorbereitung einer Klage gegen den Captain bezahlen. Das Haus aus dem Knast heraus zu verkaufen, würde sich ebenfalls schwierig gestalten. Und gewinnbringend schon gar nicht, nachdem Elias sich in eine menschliche Abrissbirne verwandelt hatte.

»Und nach der Verhandlung? Wie stehen meine Chancen, freigesprochen zu werden?«

»Wie ich bereits sagte, die Beweislast spricht gegen Sie. Aber ich denke, dass wir gute Chancen haben, mit drei bis fünf Jahren davonzukommen«, entgegnete der Anwalt, als wäre das eine gute Sache. Und er sagte es so, als wäre er ebenfalls davon betroffen. Dabei war es Elias, auf den eine längere Haftstrafe zu rückte.

***

Als Elias in seine Zelle zurückkehrte, lag Juan auf seinem Bett und richtete sich ein Stück auf, indem er sich auf den Ellenbogen hochdrückte. Dadurch erweckte der Muskelprotz den Anschein, sogar dann zu trainieren, wenn er nur rumlag.

»Na, wie liefs, *Hombre*?«, wollte er wissen. Da Elias jeden Morgen ›brav lutschte‹, wie es von ihm verlangt wurde, hatte Juan möglicherweise Angst, ihm könnte dieses praktische neue Zellen-Upgrade allzu bald wieder weggenommen werden.

»Besser als eine Taschenmuschi!«, hatte Juan Elias heute Morgen gelobt und dazugesetzt, wenn es nach ihm ginge, könne das ruhig noch eine Weile so bleiben. Schon am Vortag hatte Elias ihm vom bevorstehenden Besuch seines Anwalts erzählt und ausgeführt, dass er nicht getan hatte, was man ihm vorwarf. Auch wenn Juan täglich seine Ladung in Elias' Mund schoss und sie allein deswegen niemals Freunde werden würden, hockten sie doch lange genug zusammen im selben öden Raum. Es blieb nicht aus, dass man sich unterhielt. Als er dann auch noch von Tommy erzählt hatte, nickte der Mexikaner verständnisvoll, tippte sich gegen die Stirn und sagte wissend: »Verstehe! Du machst auf – Wie soll ich sagen? – auf *muy loco*. Auf völlig verrückt. Hast deine Alte umgelegt und sagst nun, das war ein Unsichtbarer. Das funktioniert nicht, Amigo. Du hast größere Chancen, mit ein paar Jahren davonzukommen, wenn du sagst, dass es dir leidtut und dass du es nie wieder tust.«

Elias musste noch fünf weitere Male Juans Samenmülleimer spielen, bis es zu einer Anhörung vor dem Haftrichter kam, bei der die Kaution festgesetzt wurde, die sein Anwalt beantragt hatte.

Kapitel 30

Wieder ein freier Mann zu sein, wenn auch nur auf Kaution und mit der Auflage, die Stadt nicht zu verlassen, fühlte sich großartig an. Etwas gemindert wurde dieses Gefühl allerdings durch die ständigen Schmerzen und die Atemnot, die ihn plagten.

Irgendwie hatten seine Eltern die Summe aufgebracht, die zu hinterlegen für seine Freilassung notwendig war, und sein Anwalt hatte ihn abgeholt und nach Hause gefahren. Dies führte zu einem weiteren Punkt, der Elias plagte: Obwohl sie den Anwalt und die Kaution bezahlt und so viel für ihren Jungen getan hatten, waren sie nicht selbst gekommen, um ihn in Empfang zu nehmen. Diesmal hieß ihn auch kein frischer Apfelkuchen in der Küche willkommen. Dafür ein Chaos, von dem Elias nicht wusste, wie er es beseitigen sollte. Lediglich die mumifizierten Skelette hatte man entfernt. Überall dort, wo Elias sich als Abrissbirne betätigt hatte, lag Schutt herum, und auch die Mehlschicht im Erdgeschoss hatte niemand aufgefegt. Im Wirrwarr der darin von allen möglichen Leuten hinterlassenen Spuren – angefangen mit ihm selbst, über Cathy, bis hin zu den Einsatzkräften, die durchs Haus getrampelt waren – hätte nicht mal der beste Fährtenleser einer einzelnen davon folgen können.

Was Elias nicht selbst verwüstet oder in Unordnung gebracht hatte, war bei der Durchsuchung des Hauses durcheinandergeraten. Schränke standen offen, seine Kleidung lag auf dem Boden, das Sofa im Wohnzimmer war umgekippt und aus seinem Bett hatte man die Matratzen gerissen, statt sich zu bücken, um einen Blick darunter zu werfen.

Das großartige Gefühl der Freiheit wich der Ernüchterung, als er den ersten Hustenanfall, ausgelöst durch den Mehlstaub, hinter sich gebracht hatte. Er würde sich eine Atemschutzmaske kaufen müssen, wollte er hier klar Schiff machen. Der Verlust des halben linken Lungenflügels machte sich bereits nach wenigen Minuten in dieser verheerten Staubwüste mehr als ohnehin schon bemerkbar.

Elias ließ sich am einzigen Ort, der halbwegs frei von herumliegenden Möbeln, Gegenständen oder Schutt war, auf den Hosenboden sinken: auf der Treppe. Die vor ihm liegende Aufgabe, hier Ordnung zu schaffen, entmutigte ihn völlig. Allerdings blieb ihm nichts anderes übrig, als sie anzugehen. Er musste nur einen Moment verschnaufen.

Ey, Mann, wo ist mein Auto?, fragte Elias sich verwirrt, als er sich zwanzig Minuten und ein paar vergossene Tränen später auf den Weg in die Stadt machen wollte, um zuerst Cathy im Krankenhaus zu besuchen und dann eine Atemschutzmaske zu besorgen. Weder fand er es in der Einfahrt noch in seiner Garage.

Tommy, schoss es ihm durch den Kopf. War es möglich, dass dieser den Schlüssel entwendet und sich mit dem Wagen aus dem Staub gemacht hatte, als die Polizei das Haus stürmte? Die altbekannte Angst, die er in diesem Haus wohl niemals wieder loswerden würde, kroch in ihm hoch. Er überprüfte seinen Schlüsselbund. Der Fahrzeugschlüssel war da, wo er sein sollte. Dann fiel ihm zu seiner übergroßen Erleichterung ein, dass er sein Auto zuletzt ein paar Straßen entfernt geparkt hatte und zu Fuß zurück nach Hause gegangen war.

Der Weg dorthin kam Elias bedeutend länger vor als beim letzten Mal, was im Wesentlichen an seiner schlechten körperlichen Verfassung lag. Aus dem vormals tatkräftigen jungen Mann, den er bei seinem Einzug dargestellt hatte, war ein Krüppel geworden, der sich wie ein alter Mann des Weges schleppte.

Als er sein Ziel erreicht hatte – ein Parkplatz, der so erhöht lag, dass man die Küste und das Meer dahinter als schmalen Streifen erkennen konnte – stellte er fest, dass er sich die Mühe vergeblich gemacht hatte. Weil sein Wagen so lange scheinbar herrenlos in einem Wohngebiet herumgestanden hatte, wurde er abgeschleppt, erfuhr er von einer älteren Dame, die in einem der angrenzenden Vorgärten Unkraut jätete. Sie wirkte vitaler als er sich fühlte und schien Spaß an ihrer Tätigkeit zu haben. Ihr Anblick erinnerte Elias an jenen sonnigen Tag, an dem er unter dem noch blühenden Apfelbaum in seinem eigenen Garten gestanden und frohen Mutes in die Zukunft geblickt hatte, die damals von keinem größeren Schatten überzogen war, als ein kleiner Maulwurfshügel ihn werfen konnte.

»Entschuldigen Sie bitte nochmals«, unterbrach er ihre Tätigkeit erneut. Gewöhnlich hätte er nun sein Handy gezückt und sich ein Uber gerufen, doch das hatte die Polizei als Beweismittel beschlagnahmt. Elias würde sich ein neues besorgen müssen. »Dürfte ich kurz bei Ihnen telefonieren?«

Sie blickte ihn misstrauisch an, als wäre er ein Sexualstraftäter, der ihr jeden Augenblick an die Wäsche wollte, welche Falten werfen musste, wollte sie sich straff über die Haut der mindestens Siebzigjährigen legen.

»Ich weiß, heutzutage hat fast jeder ein Mobiltelefon, aber durch eine Verkettung unglücklicher Umstände habe ich meins … verloren. Ich wohne etwas weiter unten, in dem alten Haus an der Marble Av…«

»Ich weiß, wer Sie sind«, schnitt ihm die alte Frau das Wort ab. »Sie wohnen in Creepy Harolds Haus.« Ein ungeduldiges Wedeln mit der Hand folgte, als Elias' Gesichtsausdruck sich veränderte. »Schauen Sie nicht so überrascht! Ich wohne schon lange in dieser Gegend. Ich weiß, wie die Kinder ihn genannt haben. Wissen Sie, ich mag nicht mehr so gut sehen, aber meine Ohren sind noch ganz funktionstüchtig und ich bekomme eine Menge mit. Sie sind der junge Kerl, der die Leichen von Harolds armer Frau und den Kindern gefunden hat.«

Elias nickte.

Die Alte kniff ihre Lider leicht zusammen, wohl um schärfer zu sehen, und musterte ihn prüfend. »Ist es wahr, dass Sie die junge Frau, die neben Ihnen wohnt, halb totgeschlagen haben?«

»Das war ein Unfall, ehrlich! Ich wollte Cathy nichts tun. Ich glaubte, jemand anderes wäre im Haus, jemand Gefährliches. Als ich den Irrtum erkannte, war es bereits zu spät.«

Die Alte schien sich mit dieser Antwort zufriedenzugeben. Sie nickte wissend und sagte: »Der Mann, der durch die Büsche kriecht. Creepys Pflegesohn. Er ist verrückt, aber harmlos. Ab und zu stelle ich ihm eine Dose Ananas oder anderes Dosenobst vor die Tür.«

Elias starrte sie aus weit aufgerissenen Augen an. Hatte er gerade richtig gehört? Er konnte kaum glauben, dass er durch einen dummen Zufall gerade die eine Person kennenlernte, die außer ihm selbst von Tommys Existenz wusste.

»Was meinen Sie mit ›der Mann, der durch die Büsche kriecht‹?«, hakte er nach, als er seine Sprache wiedergefunden hatte.

Wieder wedelte die in die Jahre gekommene Gärtnerin mit der Hand. Diesmal wirkte die Geste einladend.

»Kommen Sie!«, forderte sie Elias auf, ihr zu folgen. »Ich zeige es Ihnen.«

Kapitel 31

Als Rosie Brentwood – auf dem Weg in den turmähnlichen Erker ihres viktorianischen Hauses hatte sie sich vorgestellt – ihm gezeigt hatte, wovon sie sprach, war es ihm wie Schuppen von den Augen gefallen. Elias hatte die ganze Zeit recht gehabt, was Tommys Existenz und seine Anwesenheit anging, und nur an der falschen Stelle gesucht.

Aufgeregt verabschiedete er sich von der alten Frau, die ihm ein paar der im Laufe der Zeit aufgekommenen Fragen hatte beantworten können. Und was noch viel wichtiger war: Sie hatte ihm den entscheidenden Hinweis gegeben, den es brauchte, um Tommy endlich schnappen zu können.

Diesmal ließ er sich nicht von den Schmerzen und dem Pfeifen seines Atems abhalten, als er den Hügel hinabeilte, auf dem Rosie Brentwoods Haus stand. Dieser erhob sich zwischen dem Pazifischen Ozean und Elias' Garten und war der Grund, weshalb er im Gegensatz zu Rosie Brentwood keinen Meerblick genießen konnte. Er betrat seinen Garten und eilte sofort in die Ecke im hinteren Teil, wo hohe Büsche standen, die ihn vom Nachbargrundstück abgrenzten.

Elias schob ein paar Zweige beiseite, hielt Ausschau, schüttelte den Kopf, teilte noch mehr Gestrüpp und dann: hatte er die gesuchte Lücke im Geäst gefunden!

»Ha! Da hol mich doch der Teufel!«, rief Elias triumphierend und – obwohl er genau das zu finden gehofft hatte – gleichermaßen überrascht. War die Vorstellung bereits absurd erschienen, jemand könnte sich einen Zwischenraum in seinem Haus nutzbar gemacht haben, setzte dies dem Ganzen die Krone auf. Er zog den Teppich aus Laub beiseite, der den astfreien Bereich zwischen den Büschen bedeckte. Jemand hatte einen Jutesack, der fast schon auseinanderfiel, mit Blättern und abgebrochenen Zweigen dekoriert und so eine unauffällige Abdeckung geschaffen, die man schnell beiseite ziehen konnte. Ebenso schnell konnte man das damit verdecken, was man zu verbergen versuchte. In diesem Fall ein Loch, das in die Erde führte und groß genug für einen Mann war.

Elias staunte. Aufgrund mancher Reaktionen hätte er Tommy für grenzdebil gehalten, doch seine Unfähigkeit, angemessen sozial zu interagieren, hatte anscheinend nichts mit seiner Intelligenz zu tun. Sein Einfallsreichtum, wenn es darum ging, seinen sicheren Ort nicht verlassen zu müssen und wenn, möglichst ungesehen zu bleiben, war nicht zu überbieten.

»Sehen Sie«, hatte Rosie Brentwood gesagt und mit ihrem knorrigen Zeigefinger auf die Büsche gezeigt, »die kleine Lücke da, zwischen den Büschen in Ihrem Garten? Dort ist sein Ausstieg. Es muss einen Geheimgang geben, durch den er aus dem Haus kommt. Seit etwa einem Jahr sehe ich ihn immer mal wieder aus dem Geäst hervorkriechen, wenn ich abends hier am Fenster sitze und den Sonnenuntergang betrachte. In etwa zur selben Zeit, als er mir zum ersten Mal auffiel, kurz nach Harolds Tod, begannen sich auch die seltsamen Vorkommnisse in unserer Nachbarschaft zu häufen.«

»Was für Vorkommnisse?«, hatte Elias gefragt.

»Nun, die Leute begannen, sich über das Fehlen von Dingen zu beklagen. Zeug, das gewöhnlich nicht wegkam. Douglas Meyer zum Beispiel.« Wieder deutete ihr Knochenfinger, der Elias auf schaurige Weise an die vertrockneten Finger von Harolds Frau erinnerte, vage in die Richtung eines Hauses. »Doug hatte in seinem Schuppen ein paar Vorräte gelagert. Nichts Besonderes, nur ein paar Dosen Ravioli und Suppen. Diese Konserven standen schon jahrelang dort. Einige davon waren laut Douglas bereits abgelaufen. Trotzdem stand eines Morgens die Tür seines Schuppens offen und das Essen fehlte.«

Elias erinnerte sich an den zum Hocker umfunktionierten Eimer vor der Kiste mit der leeren Dose, als er sein Haus zum ersten Mal besichtigt hatte, und die anderen leeren Verpackungen, die überall herumlagen. Mit Schaudern dachte er an die säuerliche, vergorene Masse, mit der Tommy ihn gefüttert hatte.

»Bei Moishe Rosenstein, der gleich um die Ecke wohnt, schlich sich jemand in die Küche, als er kurz weg war, um eine vergessene Zutat aus dem Laden unten an der Straße zu holen. Sie wissen schon, aus dem, der bis zehn Uhr offen hat«, fuhr sie fort. »Den Topf mit dem Abendessen, das schon vor sich hin köchelte, deckte er ab, schaltete den Herd aus und ging durch die Hintertür. Die schloss er nicht ab und als er zurückkam, so hat er es mir am nächsten Morgen beim Bäcker erzählt, lag der Deckel im Spülbecken und ein Löffel steckte im Topf. Später bemerkte Moishe noch, dass auch ein paar Konservenbüchsen verschwunden waren. So häuften sich die Vorkommnisse, und dann habe ich eins und eins zusammengezählt …« Sie leckte sich über die trockenen Lippen. »Möchten Sie ein Glas Limonade?«

Elias lehnte dankend ab. »Woher wussten Sie, dass es nicht irgendein Penner, sondern Harolds Pflegesohn war? Kannten Sie ihn von früher?«, wollte er wissen.

Die alte Frau nickte. »Ich kannte seine Pflegemutter, Vivienne. Ein hübsches Ding. Ich habe nie verstanden, wie Harold es geschafft hatte, sich so eine Frau zu angeln. Sie war eine gute Seele. Hatte immer versucht, die Kleinen vor seinen Launen zu beschützen und das einzig Richtige getan, als sie die Kinder eingepackt und ihn verlassen hatte. Zumindest haben wir das alle geglaubt, bis Sie ihre Leichen gefunden haben. Tommy war das letzte Pflegekind, das sie bei sich aufgenommen hatten, und Vivienne hatte eine ganz besondere Beziehung zu ihm. Tommy war verstockt, nur schwer zugänglich, aber ihr folgte er wie ein Hündchen. Er nannte sie sogar ›Mama‹, während die anderen Kinder bei ihrem Vornamen geblieben waren. Er hat sie vergöttert. Allerding kam es damals nur noch selten vor, dass wir uns auf einen Kaffee trafen. Harold mochte es nicht, wenn Vivienne mit den Kindern das Haus verließ. Und ich habe mich bei ihm drüben nie so recht wohlgefühlt … Sind Sie sicher, dass Sie keine Limonade möchten?«

»Lass mich nach oben! Ich will zu meiner Mama. Ich will in das Zimmer oben, zu meiner Mama!«, flehte der Tommy, der in Elias' Erinnerungen lebte. Ja, dieser Junge hatte wirklich eine besondere Verbindung zu seiner Pflegemutter aufgebaut. Eine, aus der er sich selbst nach ihrem Tod nicht lösen konnte. Noch immer suchte er ihre Nähe, auch wenn das nur noch bedeutete, in der Nähe ihrer Leiche zu sein. Elias fragte sich, wie Tommy es verkraftet hat, dass die Polizei ihre sterblichen Überreste mitnahm. Wo waren diese bestattet worden? Besucht er ihr Grab?

Elias bemerkte den Ausdruck auf dem Gesicht der alten Dame. Sie wartete auf eine Antwort.

»Limonade?«, fragte sie abermals.

»Nein, danke! Was passierte, nachdem Sie eins und eins zusammengezählt hatten? Vorhin sagten Sie etwas von Dosenobst.«

»Eines Nachts habe ich Tommy bei mir in der Vorratskammer erwischt, während er mein eingelegtes Obst einsackte. Eine Dose mit Pfirsichen hatte er schon aufgerissen und war dabei, sich den Inhalt in den Mund zu stopfen, als ich das Licht einschaltete. Er erschrak, ließ die Dose fallen, stieß einen Schrei aus und rannte an mir vorbei aus dem Haus. Den Rucksack mit dem Dosenobst ließ er stehen. Im ersten Moment hätte ich ihn fast nicht erkannt, aber dann wurde mir klar, dass das Viviennes Junge war, der versucht hatte, meine Vorräte zu plündern. Und so, wie er sich über die Pfirsiche hergemacht hatte, war klar, dass er großen Hunger haben musste. Also nahm ich eine der Dosen, öffnete sie und stellte sie für ihn auf die Veranda. Am nächsten Morgen war sie leer. Seitdem stelle ich ihm immer mal wieder eine Kleinigkeit nach draußen. Manchmal auch einen Schokoriegel oder einen Apfel. Ich glaube, Ananas und Pfirsiche mag er am liebsten.«

»Sie sind ebenfalls eine gute Seele«, stellte Elias fest, der einen letzten Blick auf seinen Garten warf.

Von hier aus konnte er sogar die Maulwurfshügel erkennen, die teilweise vom hohen Gras verdeckt wurden, wenn man unten war. Es waren viele und auch in Cathys Garten, der mittlerweile ebenso verwildert wie sein eigener aussah, sowie in den angrenzenden, konnte er welche erkennen. Rosies Garten dagegen schien frei von Schädlingen zu sein und einem Impuls folgend, fügte er hinzu: »Eine gute Gärtnerin scheinen Sie ebenfalls zu sein. Was tun Sie eigentlich gegen diese verdammten Maulwürfe?«

Plötzlich wirkte ihr Gesichtsausdruck belustigt. Auch ihre Antwort klang irgendwie amüsiert: »Ich füttere sie.«

Ihm entfuhr ein verwundertes »Sie tun *was*?«.

Was sie nun entgegnete, hatte er noch weniger erwartet. Spöttisch hob Rosie Brentwood ihre rechte Augenbraue. Dann fragte sie: »Glauben Sie wirklich, dass Sie Maulwürfe in Ihrem Garten haben?«

Kapitel 32

Die Überprüfung mehrerer Maulwurfshügel hatte Elias zu einem Schluss geführt: Diese Tiere waren hier vermutlich gar nicht ansässig. Es handelte sich nicht um den Aushub, den diese quasi blinden Wühler an die Oberfläche beförderten. Stattdessen lag der Verdacht nahe, dass hier jemand im großen Stil Erdabfälle entsorgt hatte, die bei einer größeren Ausgrabung angefallen waren.

Es wird wirklich immer verrückter, dachte er, als er zu dem mannsbreiten Loch zwischen den Büschen zurückkehrte. Dieses deckte er wieder mit dem Jutesack ab. Falls Tommy wiederkam – oder aus der Erde hervorkroch, unter der er im Augenblick vermutlich hockte –, sollte er nicht sofort merken, dass Elias seinen Fluchtweg entdeckt hatte – oder was auch immer sich dort unten befand.

Inzwischen hatte Elias eine Vermutung, wo im Haus dieser Fluchttunnel endete – wie er ihn vorerst nennen würde. Ja, er wäre sogar bereit gewesen, sein linkes Ei darauf zu verwetten, dass er recht hatte.

Während er sich zu dem Trümmerfeld begab, das einst der Zwischenraum unter der Treppe war, überlegte er, wie er von jetzt an vorgehen sollte. Nun, da er endlich wusste, wo Tommy sich versteckte – oder zumindest, auf welchem Weg er sich immer wieder in Elias' Haus schlich –, gab es mehrere Möglichkeiten. Er konnte die Polizei rufen und darauf hoffen, dass man ihm diesmal tatsächlich helfen würde, statt ihn anzuschießen, zu verkrüppeln und in den Knast zu stecken. Oder er konnte die Sache selbst in die Hand nehmen.

Elias war nicht überrascht, dass in dem niedrigen Bereich unter den ersten nach oben führenden Stufen kaum Schutt lag. Und zwar nicht, weil dieser bei seiner Abrissaktion nicht auch dorthin gefallen wäre, sondern weil in der Zwischenzeit jemand die Bodendielen bewegt hatte. Im Moment bedeckten sie noch, was sich darunter verbarg, und Elias musste sie gar nicht erst zur Seite befördern, um zu wissen, was das war.

Klar und deutlich erinnerte er sich an die Grube, in die Tommy sich sichtlich aufgewühlt gehockt hatte, bevor er mit seinem Selbstberuhigungsritual begann. Vermutlich hatte dieser nicht damit gerechnet, dass Elias seinen Zwischenraum entdecken würde, was ohne den Unfall auf der Treppe auch nicht so schnell geschehen wäre. Darum war die Grube nicht abgedeckt gewesen, als Elias durch das morsche Holz stürzte. Danach war Tommy vorsichtiger geworden; ein weiteres Indiz dafür, dass Elias es keineswegs mit einem dummen Gegner zu tun hatte.

Er kniete sich nieder und hob leise die hölzernen Dielen an.

BINGO!

Er musste sich beherrschen, nicht triumphierend zu lachen. Endlich war er auf der Siegesspur! Nun würde er sich Tommy schnappen und ihn der Polizei übergeben, sobald eine Beweislage geschaffen war, die nicht gegen Elias sprach. Dann würde auch der Richter endlich glauben, dass er Cathy nicht mit Absicht schwer verletzt hatte, sondern dass ein tragisches Unglück geschehen war, ein Unfall, im Versuch, sich zu verteidigen. Und zwar gegen einen immer wiederkehrenden Einbrecher, der verrückter nicht sein konnte. Falls Elias danach überhaupt noch eine Strafe erwartete, hätte er die gewiss schon im Rahmen der Untersuchungshaft abgesessen. Endlich würde die Welt verstehen, was für ein Martyrium er durchlaufen hatte – und seine Mutter würde wieder Apfelkuchen für ihn backen.

Eine klaustrophobische Angst befiel ihn, während er darüber nachdachte, in diese Grube zu steigen und nachzusehen, wohin der Tunnel führte, dessen Eingang er nun sah. Hätte er diesen Einstieg vor dem Abriss der Wand entdeckt, die ihn vom Rest des Hauses trennte, hätte er den Vorratsraum verriegeln sowie den Ausgang zwischen den Büschen blockieren und Tommy so festsetzen können. Das hätte ihm Zeit zum Nachdenken verschafft.

Andererseits: Solange Tommy nicht wusste, dass Elias seinen Fluchttunnel entdeckt hatte, würde er nicht vom gewohnten Verhalten abweichen. Da Elias wieder daheim war, würde Tommy sich im Verborgenen halten und allenfalls nachts rauskommen. Somit war er momentan ein Gefangener der eigenen Gewohnheiten und es bestand keine Notwendigkeit, ihn noch mehr festzusetzen, als er es bereits selbst tat.

Es war früher Nachmittag und Elias blieben noch ein paar Stunden, bis es dunkel werden würde. So lange hätte er auf jeden Fall Zeit, sich auf die Begegnung mit Tommy vorzubereiten.

Im Gegensatz zu seinem Mobiltelefon, dem Hammer und seinem Revolver, hatte die Polizei seinen Computer nicht sichergestellt. Elias klappte den Laptop auf und bestellte sich online das Uber, das ihn zwanzig Minuten später vor dem Krankenhaus absetzte.

Kapitel 33

»Sind Sie ein Angehöriger?«, fragte die Schwester, die gerade auf der Station, auf der Cathy gepflegt wurde, ihren Dienst verrichtete.

»Ihr Bruder«, bestätigte Elias, der sich denken konnte, dass man ihn kaum zu ihr lassen würde, wenn er sich als auf Kaution freigelassenen Verbrecher vorstellte, der sie überhaupt erst ins Koma geprügelt hatte.

»Schön, dass sie mal wieder Besuch bekommt«, stellte die Krankenschwester fest, während sie ihn zu der Tür führte, hinter der Cathy lag. »Es war lange niemand mehr bei ihr.«

Elias hatte starkes Herzklopfen, als er das Zimmer betrat. Er ging näher an das Bett heran und betrachtete Cathy, die angeschlossen an Schläuche und Kabel darin lag und viel zu klein wirkte, viel zu schmächtig – als würde sie mit jedem Tag, den sie nicht bei Bewusstsein war, ein Stück dahinschwinden. Tränen standen in seinen Augen, als er vorsichtig nach ihrer Hand griff, in der eine Kanüle steckte, die sie mit einem Tropf verband. Sanft drückte er sie, beugte sich dann über Cathy und hauchte ihr einen Kuss auf die Stirn.

»Es tut mir so leid!«, sagte er und beobachtete dabei ihr Gesicht. Sein Blick forschte nach einem

Zeichen, dass sie ihn hören konnte, doch da war keins. Also setzte er sich auf den Stuhl neben ihrem Bett und hielt noch eine Weile ihre Hand, in der Hoffnung, ihr so ein wenig Trost zu spenden – sofern in dieser künstlich am Leben gehaltenen Hülle noch irgendetwas von ihr war. Die Worte der Schwester, Cathy bekäme sehr selten Besuch, hallten in ihm nach und versetzten ihm einen regelrechten Stich ins Herz.

»Wenn diese ganze Sache geklärt ist und ich ein freier Mann bin, komme ich dich jeden Tag besuchen«, versprach er ihr im Flüsterton, bevor er aufstand, um sich dem Kampf zu stellen, der vor ihm lag.

Während er zu den Münztelefonen in der Lobby des Krankenhauses ging, grübelte er, wie er es am besten anstellen sollte, den ›Maulwurf‹ aus seiner Höhle zu jagen. Elias dachte daran, wie Tommy ihn angezündet hatte. Kurz überlegte er, ihn einfach auszuräuchern.

Ich könnte irgendwas stark Qualmendes in das Loch zwischen den Büschen stecken. Dann müsste ich nur ins Haus zurückgehen und abwarten, bis sich der Rauch ausbreitet und Tommy rausgekrochen kommt, schoss es ihm durch den Kopf. Dann bedachte er, dass Menschen es bei Wohnungsbränden oftmals nicht schafften, ihre brennenden Räumlichkeiten rechtzeitig zu verlassen. Eine Rauchvergiftung konnte einen ziemlich schnell außer Gefecht setzen. Gut möglich, dass Tommy gerade schlief, wenn er seinen Bau anzündete. In dem Fall bekäme er vielleicht gar nicht mit, dass er schleunigst dort raus musste.

Okay, das ist keine Option, erkannte Elias. *Sonst bin ich am Ende tatsächlich noch wegen Mordes dran. Aber wenn ich reinkrieche und er die Flucht ergreift und auf der anderen Seite abhaut, ist mir auch nicht geholfen.*

Bei den Münzfernsprechern angekommen, führte Elias mehrere Telefonate. Er rief seine Mutter an, die sich nicht übermäßig geschwätzig zeigte, dann das Abschleppunternehmen, das seinen Wagen fortgeschafft hatte. Glücklicherweise bewies Rosie Brentwood einmal mehr, dass ihr Gedächtnis hervorragend funktionierte, als sie ihm den Namen der Firma genannt hatte.

Mit einem weiteren Uber ließ er sich zum Parkplatz des besagten Unternehmens bringen, wo er ein kleines Vermögen dafür bezahlte, einsteigen und davonfahren zu dürfen. Innerlich seufzte er so tief, wie ein menschliches Wesen nur seufzen konnte. Äußerlich war ihm davon nichts anzumerken, als er stumm seine Kreditkarte zückte und sie einem Mitarbeiter reichte, der sie durch das Lesegerät zog, zurückgab und Elias dann zu seinem Fahrzeug führte.

Endlich wieder mobil, fuhr Elias zum Baumarkt, wo er eine FFP3-Atemschutzmaske und eine Grubenlampe kaufte, die sich mittels eines Stirnbands am Kopf befestigen ließ. Außerdem landeten noch ein paar der dicksten Spanplatten in seinem Einkaufswagen, die der Markt führte. Kurz hatte er überlegt, die abgerissene Wand wieder einzuziehen, dann aber eine bessere Idee gehabt, was er damit anstellen konnte.

Zurück bei seinem Haus, hielt Elias nicht wie sonst in seiner Einfahrt, sondern ließ den Wagen über die Wiese holpern und bremste erst kurz vor den Büschen. Er hatte eine ganze Weile überlegt, wie er diesen Ausgang so blockieren könnte, dass Tommy, der mehr Kraft aufbrächte als Elias, es nicht schaffen würde, diese Abdeckung einfach beiseitezuschieben. Massive Steinplatten in der entsprechenden Größe und Ähnliches waren ausgeschieden, da Elias mit seiner verminderten Lungenkraft nicht in der Lage gewesen wäre, so schwer zu heben.

Nun wuchtete er, was ihn bereits genug anstrengte, die Sperrholzplatten über das Loch, stieg zurück ins Auto und setzte zurück, ohne sich darum zu kümmern, dass er die Büsche plattfuhr und ihre Zweige den Lack zerkratzten. Als er anhielt, stand einer der Hinterreifen direkt auf den Platten und Elias grinste zufrieden. Ein Auto würde der Mistkerl wohl kaum anheben.

Seine nächste Tat bestand darin, ins Haus zu gehen und sicherzustellen, dass Tommy den Ausstieg dort nicht unbemerkt benutzen konnte. Wieder kam Mehl zum Einsatz, das er großzügig um die Grube in der Ecke herum verstreute. Dann schloss Elias die Hintertür ab, bevor er nachsah, ob alle Fenster im Erdgeschoss zu waren. Die Haustür schloss er ebenfalls ab, als er zurück in den Garten ging, um bei einem gründlichen Rundgang zu überprüfen, ob es noch weitere Zugänge gab. So war Tommy nun entweder in seinem Fluchttunnel oder im Haus gefangen, aber einfach so davonkommen würde er diesmal nicht!

Wieder drinnen verriegelte er die Haustür erneut hinter sich und war bereit, die Sache endlich zu Ende zu bringen. Sich mit dem Gedanken anzufreunden, in dieses Loch zu steigen und sich dem Feind auf dessen Terrain unter der Erde zu stellen, fiel ihm trotz Atemschutzmaske und Grubenlampe schwer.

»Nun gehts ans Eingemachte!«, murmelte Elias vor sich hin, als er die letzte Sache, die er unterwegs besorgt hatte, aus einer Tüte zog.

Sein Ausspruch war wörtlich zu nehmen, denn nun öffnete Elias eine Dose mit Ananasstückchen, die er vor der Grube platzierte.

Mit Speck fängt man bekanntlich Mäuse, dachte er. *Mal sehen, ob Tommy sich mit süßen Obststücken fangen lässt.*

Ein letztes Mal setzte er sich wartend auf die Treppe.

Kapitel 34

Außer seinem rasselnden Atem blieb es still. Trotz des Lockmittels, mit dem Elias zu signalisieren beabsichtigte, Tommy wäre hier oben willkommen. Er wartete eine halbe Stunde, die sich zu einer vollen ausdehnte, doch nichts geschah. Elias dämmerte vor sich hin und sagte sich, es könne nicht schaden, noch ein wenig Geduld zu haben, wenn es ihm ersparte, in diesen Tunnel zu kriechen. Sollten doch die Bullen, die sein ganzes Haus auf den Kopf gestellt hatten, später auch diesen Teil durchsuchen. Er stellte sich vor, wie Tommy sich ein paar Meter von dieser Grube entfernt zusammengerollt hatte und ebenfalls vor sich hindöste, bis die Dämmerung einsetzte. Rosies Beobachtungen zugrunde legend, schätze Elias ein, wie lange es noch dauern mochte, bis sich endlich etwas tat. Und selbst wenn er am Ende doch selbst in dieses verdammte Loch kriechen würde: Dunkel wäre es dort unten so oder so, egal, ob oben Tag oder Nacht war. *Ja, es ist Feigheit vor dem Feind*, gestand Elias sich ein, *die mich zurückhält. Aber ist das verwunderlich, nach allem, was ich durchgemacht habe?*

***

Gegen zehn Uhr an diesem Abend – längst war es dunkel – gab Elias sich einen Ruck. Wie ein Fisch, der einen Köder verschmähte, hatte auch Tommy nicht angebissen. Elias beschloss, lange genug untätig herumgesessen zu haben und dass es an der Zeit war, in Aktion zu treten.

Was gäbe ich darum, meinen Revolver dabei zu haben?, fragte er sich, während er sich mit einem Messer aus der Küche bewaffnete, die Atemschutzmaske aufsetzte, die Grubenlampe anschaltete und das Stirnband überzog, an dem sie befestigt war.

Die letzten Stunden waren eher langweilig gewesen, doch nun, da Elias sich mit den Beinen vorweg in die Senke hinabließ, stieg sein Adrenalinpegel. Er hockte sich hin und blickte direkt in den Tunnel, durch den er gleich kriechen würde. Der Schein seiner Lampe, der automatisch dorthin fiel, wohin er Kopf und Blick richtete, traf wenige Meter vor ihm auf eine Wand aus Erde, wo der Gang eine erste Kurve machte.

Scheiße, warum konnte dieser Wahnsinnige nicht einfach geradeaus buddeln?, fragte er sich. Ihm war unwohl dabei, dass er nicht sehen konnte, wohin der Weg führte. Zudem war er sich nicht sicher, ob der Platz da drin ausreichend wäre, um sich umzudrehen; möglicherweise müsste er rückwärts zurückkriechen.

Elias ging auf alle viere und wagte sich vor bis zur Biegung, das Messer in der Hand. Auf alles gefasst – nur nicht auf das, was ihn hinter diesem Abzweig erwartete –, schob er sich noch ein kleines Stück weiter und lugte um die Ecke.

»Ja, leck mich doch!«, entfuhr es Elias. »Unfassbar!«

Wie vermutet, setzte sich der Kriechgang hinter der Biegung fort, doch nach circa drei Metern expandierte er in alle Richtungen – rechts, links, oben und unten – und erweiterte sich zu einer kleinen Höhle, deren Wände nicht nur aus nackter Erde bestanden. Zusätzlich hatte der wahnsinnige Wühler sie mit Brettern verstärkt.

Verglich man Tommys unterirdischen Bau mit dem eines Maulwurfs, hatte Elias wohl gerade die Vorratskammer gefunden. Fein säuberlich entlang der Wände standen die Konservenbüchsen aufgereiht da, die Tommy noch nicht leer gegessen hatte, zusammen mit anderem Schnickschnack, den er wohl aus den Gärten und Küchen der Nachbarn entwendet hatte. Auch ein paar Kerzen lagerten hier, auf einer Holzlatte, die Tommy so in die Wand getrieben hatte, dass sie als Regalbrett fungierte.

Kühlschrank hat er zwar keinen, aber die frischen Lebensmittel bewahrt er anscheinend trotzdem hier auf, dachte Elias voller Ironie, als ihm auffiel, dass einige Spinnen die niedrige Decke – die Höhle war zwar geräumig, doch aufrecht stehen konnte man darin nicht – besiedelt hatten. Angewidert erinnerte er sich daran, wie Tommy ihn dazu gezwungen hatte, eines dieser Tiere zu essen. Der Schein seiner Grubenlampe fiel darüber hinaus auf ein paar Tomaten und Mohrrüben, die äußerst frisch aussahen und in der Ecke lagen. Daneben klaffte ein weiteres Loch in der Wand, durch das Elias kroch und dem Gang folgte, der noch tiefer in den Bau führte.

Ein paar Meter weiter erreichte er eine Stelle, an welcher der Weg sich gabelte. Nun hatte er die Qual der Wahl: Sollte er sich nach rechts oder nach links wenden? In welcher Richtung lag der Ausgang zwischen den Büschen, den er blockiert hatte, und wohin führte der zweite Gang? Elias hatte unter der Erde völlig die Orientierung verloren.

Das Atmen unter der Maske wurde zunehmend anstrengender und das klaustrophobische Gefühl immer schlimmer, als Elias eine Wahl traf und nach links kroch. Eine aus dem Bauch heraus getroffene Entscheidung. Hier verengte sich der Tunnel, dessen Decke ebenfalls von Achtbeinern besiedelt war. Elias zog den Kopf ein. Dennoch streifte er an den Spinnweben entlang, die sich klebrig in seinen Haaren verfingen. Er schüttelte sich voller Ekel und schlug sich mit der Hand auf den Nacken, als er zu spüren glaubte, dass eines dieser widerlichen Tiere dort über die empfindliche Haut kroch. Seine Nerven waren so überreizt, dass er sich unsicher war, ob er sich diesen sensorischen Reiz nicht nur einbildete, weil ihm so sehr davor graute. Mehrfach wischte er über die kribbelnde Stelle, bis die Spinne, ob imaginär oder nicht, entfernt war. Seine andere Hand, die das Messer hielt, zitterte unkontrolliert. Ein gequältes Stöhnen entfuhr ihm.

Zu seinem Entsetzen wurde es beantwortet.

Es war ein dünner, gepeinigter Klagelaut, der durch das Tunnelsystem hallte und wie eine Dusche mit eiskaltem Wasser wirkte. Elias' gesamter Körper zuckte erschrocken zusammen, bis hin zur Haut. Die Kontraktion der Haarmuskeln sorgte dafür, dass die feinen Wollhaare sich aufrichteten und eine Gänsehaut bildeten.

Ist das Tommy, der da so jault?, fragte er sich. Dieser Klagelaut klang unmenschlich, auch wenn er sicherlich von einem Menschen stammte, und irgendwie gespenstisch, da Elias nicht wusste, woher er kam. Kam er von vorn oder hinten? Er wusste es nicht. Die Akustik hier unten war ihm fremd.

Elias packte das Messer fester, sammelte allen Mut zusammen und kroch weiter. Nach wenigen Metern und einer erneuten leichten Biegung nach links mündete der Gang in eine neue Höhle. Diese war noch geräumiger als die vorangegangene, und als er auf ihren Eingang zukroch, erkannte Elias dahinter etwas, das ihm vertraut war. Hier stand der Sack mit der Kleidung, den Tommy vormals im Zwischenraum unter der Treppe gelagert hatte. Den

Blick weiter schweifen lassend, fand Elias auch den Schlafsack, der ausgerollt in einer Nische lag, deren Wände mit Plastiktüten abgedeckt waren, wohl um Nässe fernzuhalten. Für einen kurzen Moment stellte er sich vor, wie es wohl wäre, während eines Regengusses hier unter der Erde zu hocken. In der Mitte des neuen Zwischenraums, den Tommy sich geschaffen hatte, stand eine alte Weinkiste mit einem Eimer davor, den Elias ebenfalls erkannte. Dasselbe Ensemble hatte er in seinem Haus vorgefunden und zusammen mit anderem Krempel entsorgt. Tommy musste seine ›Einrichtung‹ aus dem Müll gefischt und unbemerkt nach hier unten geschafft haben.

Anscheinend war er dabei, diesen Zwischenraum unter der Erde kontinuierlich zu erweitern, denn rechts neben dem Eingang zu dieser Wohnhöhle sah Elias einen weiteren Eimer, der mit frischem Erdaushub angefüllt war.

Er kroch noch ein Stück, wandte sich einem anderen Gang zu, der zu rechter Hand aus der Höhle herausführte und – starrte direkt in Tommys Gesicht. Dieser lag, bis zum Hals verschüttet, in dem gerade entstehenden Abzweig, dessen Decke eingebrochen sein musste, als Elias mit seinem Wagen über die Wiese rumpelte.

Nun konnte Elias einschätzen, wo genau sie sich im Augenblick befinden mussten. Bei seinem

Rundgang durch den Garten, der keine weiteren Ein- oder Ausgänge von Tommys Tunnelsystem offenbart hatte, war ihm eine Senke im Gras aufgefallen, die er aber nicht weiter beachtet hatte. Nun konnte er sich ausrechnen, dass dieser im hohen Gras kaum erkennbare Bereich die Einsturzstelle markierte.

Tommy, der Albtraum seiner schlaflosen Nächte, war gefangen. Und, das erkannte Elias in diesem Moment, ihm so hilflos ausgeliefert, wie er dem anderen seinerzeit, als er in seiner Treppe gefangen war. Ein ›Hallo, kleiner Scheißer!‹ lag ihm auf den Lippen.

Ihm wurde bewusst, dass er alles mit Tommy anstellen konnte, was er wollte. Er könnte ihn anspucken, anpissen oder anzünden, ihm die Ohren mit einer Gartenschere abzwicken oder ihm die gesamte Spinnenpopulation hier unten zu fressen geben, niemand würde es mitbekommen. Oder er könnte einfach nach oben gehen und noch ein paarmal mit dem Wagen über die Senke fahren, dann hätte sich ›das Problem Tommy‹ endgültig erledigt. Er müsste die Leiche nicht mal vergraben …

Allerdings wäre er damit noch nicht entlastet. Von Verstümmelungen und Ähnlichem sollte er wohl besser absehen. Doch wer könnte beweisen, dass er nicht Aufgrund irgendwelcher geplanter Gartenarbeiten mit dem Auto durch die Wiese gefahren war und das Höhlensystem nicht zufällig entdeckt hatte? Natürlich erst, als es für den armen Tommy längst zu spät war …

Elias legte das Messer beiseite und hockte sich im Schneidersitz so auf den Boden, dass Tommy ihm ebenfalls ins Gesicht sehen könnte, wäre da nicht die Grubenlampe, die diesen blendete.

»Hi, Tommy«, sagte er in einem lockeren Plauderton und grinste breit. Mit einem Schlag waren all seine Ängste vergangen und er spürte eine irrwitzige Euphorie. Das klaustrophobische Gefühl ließ nach, die Angst vor Tommy schwand und auch die, die nächsten Jahre im Knast den Schwanz seines Zellengenossen lutschen zu müssen, damit dieser ihn nicht im Schlaf erstickte, war plötzlich verflogen. »Wir haben uns lange nicht mehr gesehen, alter Freund. Wie gehts dir denn so? Ich glaube, wir beide haben noch ein Hühnchen miteinander zu rupfen.«

Elias sah zu, wie Tommy gegen das Licht anblinzelte und kostete dessen Hilflosigkeit und die eigene Macht voll aus. Anscheinend konnte der Verschüttete den Kopf nicht wegdrehen und hatte aktuell auch keine Hand frei, um die Augen abzuschirmen. Wie bekannt ihm das vorkam! Elias dachte an das zurück, was Tommy mit seinen Augen angestellt hatte. Er hatte reingepisst, den Daumen reingebohrt, Dreck reingeworfen … Elias spürte, wie seine Finger sich automatisch in die Erde krallten und seine Faust sich schloss …

Kapitel 35

Gerade wollte er die Erde in Tommys Augen schleudern, als er die Angst sah, die darin stand. Tommys Gesicht war eine von Furcht verzerrte Fratze, auch wenn das, was sich unter seinem verfilzten Bart befand, schwer erkennbar war. Zudem blitzten die Bilder des kleinen Jungen, der verängstigt in die Kamera geblickt hatte, in seiner Erinnerung auf und überlagerten die Züge des Erwachsenen, der verschüttet vor ihm lag.

»Verdammt«, murmelte er vor sich hin.

Elias ließ die Hand sinken. Plötzlich schämte er sich für all das, was er gerade gedacht hatte. So ein Mensch wollte er nicht sein. Er wusste selbst nur zu gut, wie es war, die Hilfe eines anderen zu brauchen und sie nicht zu erhalten. Egal, was Tommy ihm angetan hatte – auf eine seltsame Art, da war Elias sicher, hatte der selbst schwer traumatisierte Mann das alles nicht mal böse gemeint. Selbst das Herumgeistern in seinem Haus konnte er ihm nicht mehr übelnehmen. Er dachte daran, wie Tommy darum gebettelt hatte, nach oben zu seiner Mama zu dürfen. Vermutlich war sie die einzige Person in dessen Leben gewesen, die überhaupt gut zu ihm war, sah man mal von Rosie Brentwood ab, die ihm zumindest etwas Essen vor die Tür gestellt hatte.

Ihm wurde bewusst, dass dieses Haus Tommys Zuhause gewesen war, lange bevor Elias auch nur einen Fuß hineingesetzt hatte. Er selbst war der Eindringling.

Seine Hand ließ die Erde los und griff nach oben zu der Grubenlampe. Er verstellte sie ein wenig, sodass sie Tommy nicht mehr direkt ins Gesicht schien und sagte: »Du musst keine Angst haben! Ich helfe dir.«

Epilog

»Geh noch nicht!«, bettelte Tommy. »Du sollst noch ein bisschen bei mir bleiben! Liest du mir noch was vor?«

»Tut mir leid, Großer. Ich muss wirklich los. Aber nächste Woche, wenn ich dich besuche, kann ich dir wieder was vorlesen«, entgegnete Elias. Er stand auf, um das Märchenbuch zurück in das Bücherregal des Besucherzimmers zu räumen, in dem sie die letzte Stunde verbracht hatten.

»Versprochen?«

»Versprochen!«, erwiderte Elias. »Großes Indianerehrenwort!« So verrückt es auch sein mochte: Inzwischen hatte er Tommy ins Herz geschlossen. Das Mitgefühl, das Elias dazu bewegt hatte, diesem Mann zu helfen, statt sich an ihm zu rächen, hatte auch nach dessen Bergung aus seiner Höhle im Garten nicht nachgelassen. Was dieser als Kind durchgemacht hatte, war unvorstellbar. Und da Tommy keinen Menschen auf der Welt hatte, der sich um ihn kümmerte, fühlte Elias sich auf merkwürdige Weise dazu verpflichtet, diese Rolle zu übernehmen und sie gewissenhaft auszufüllen.

Inzwischen wusste er, aus Gesprächen mit Rosie und dem, was Tommy erzählte, welches Martyrium er durchlitten hatte. Damals, als Harold noch am

Leben war und auch danach, als Tommy plötzlich ganz allein zurechtkommen musste, obwohl er in keiner Weise an ein normales Leben gewöhnt, geschweige denn darauf vorbereitet war.

Ein Streit zwischen Harold und Vivienne, die versucht hatte, Tommy vor ihrem Mann zu beschützen, war eskaliert. Harold, der geradezu besessen von seiner hübschen, jungen Frau gewesen war, hatte jeden mit eifersüchtigen Blicken bedacht, der Vivienne nahekam – selbst die Kinder. Ganz besonders Tommy, der eine außergewöhnlich enge Beziehung zu seiner Pflegemutter entwickelt hatte. Nur Viviennes sehnlichem Kinderwunsch und dem Ausbleiben eigenen Nachwuchses war es geschuldet gewesen, dass das Paar überhaupt Pflegekinder aufgenommen hatte. Anscheinend hatte Harold einen Hoden bei einem Feuergefecht in Vietnam verloren und dem anderen fehlten gute Schwimmer.

Den Frust über die eigene Zeugungsunfähigkeit und seine Eifersucht auf die Kinder hatte Harold gern an diesen ausgelassen. Das bezeugten die Bilder, die Elias gefunden hatte. Tommy hatte er dabei ganz besonders auf dem Kieker gehabt und der kleinste Anlass genügte, um Harold aus der Haut fahren zu lassen. So auch an dem Tag, an dem Vivienne dazwischenging, als er Tommy verprügelte und mit einer glühenden Zigarette malträtierte, bis er, da durfte man den alten Harold gern zitieren, ›quiekte wie ein kleines Schweinchen‹.

Dass Vivienne das einzig Richtige tun wollte, nämlich Harold verlassen und die Kinder mitnehmen, hatte sie das Leben gekostet. Im Affekt erschlug Harold seine Frau und danach, als ihm bewusst wurde, was er angerichtet hatte, auch die verängstigten Kinder, die alles mit angesehen hatten. Tommy hatte Elias mit Tränen in den Augen erzählt, wie seine Mama nach Harolds Schlag mit dem Hammer hingefallen war und sich nicht mehr bewegt hatte.

»Und dann«, hatte er geschluchzt, »hat er sich auch die anderen geschnappt und sie totgemacht. Böser Harold! Hat ihnen den Hals umgedreht, ihnen die verblödeten Schädel eingeschlagen. Und mich hat er ersäuft wie eine räudige Katze.«

Als Elias daraufhin nachfragte, was Tommy damit meinte, erzählte dieser, Harold hätte ihn gepackt, ihn ins Badezimmer geschleift und ihn dort mit dem Kopf voran in die Toilettenschüssel gedrückt. Die Spülung hätte er immer und immer wieder betätigt, bis Tommy tatsächlich kurz vorm Ersaufen war. Als er aufhörte, begründete er seinen Entschluss, den Jungen am Leben zu lassen, damit, dass dieser einen so gnädigen Tod nicht verdient hätte, sondern zuvor ausreichend bestraft werden müsse – für den Tod seiner geliebten Mama, die nur seinetwegen gestorben wäre. Harolds Verhalten war an Grausamkeit nicht zu überbieten.

Danach hatte Harold in der Nachbarschaft rumerzählt, Vivienne hätte sich die anderen Kinder geschnappt und ihn verlassen, klammheimlich, während er ein Vater-Sohn-Wochenende mit Tommy beim Zelten verbracht hätte. Er behauptete, sie wären in ein menschenleeres Haus zurückgekehrt und hätten festgestellt, dass sämtliche Koffer und Taschen, die sie nicht selbst mitgenommen hatten, weg waren, ebenso die Kleidung, die die Verschwundenen besaßen. Ein Zettel auf der Anrichte, den Harold angeblich aus Wut zerknüllt und in den Abfallzerkleinerer geworfen hätte, hätte ihn wissen lassen, dass sie nicht zurückkommen würden.

Die Leute hatten diese Geschichte geglaubt, aus den verschiedensten Gründen. Zum einen, weil sie ohnehin nie verstanden hatten, was Vivienne an diesem Mann fand. Es war allgemein bekannt gewesen, dass Harold ein ziemliches Arschloch war. Zum anderen, weil es bequem war, Harolds Version der Vorkommnisse nicht zu hinterfragen. Und nicht zuletzt, weil der kleine Tommy, der viel zu große Angst vor Harold gehabt hatte, um etwas anderes zu sagen, dessen Geschichte bestätigt hatte. Natürlich hatte es Menschen gegeben, Rosie Brentwood zum Beispiel, die gewusst hatten, dass Vivienne niemals ohne Tommy gegangen wäre, die Zweifel hegten, doch wirklich irgendetwas unternommen hatte niemand.

Mit der Zeit war es immer häufiger vorgekommen, dass Harold Tommy in den Zwischenraum steckte. Meist nachdem er ihn verprügelt hatte – oder Schlimmeres. Elias dachte ungern daran, was Tommy ihm über das Gästezimmer erzählt hatte. Ebenso ungern wie an das, wozu Juan ihn in der Gefängniszelle gezwungen hatte. Dennoch war dies ein weiterer Grund dafür, weshalb Elias sich mit Tommy auf eine seltsame Art verbunden fühlte.

Anfangs war Tommy noch zur Schule gegangen, was Harold zähneknirschend erlaubt hatte, wollte er doch den Anschein von Normalität erwecken. Die Furcht, der Junge könnte etwas ausplaudern, war jedoch stets präsent gewesen – und Harold hatte in schöner Regelmäßigkeit dafür gesorgt, dass dessen Angst vor der nachfolgenden Strafe nicht abflaute. Harolds ›Erziehungsmaßnahmen‹, mit denen er ›dem kleinen Scheißer Vernunft einbläuen wollte‹, waren immer extremer geworden, die Dauer der Aufenthalte im Zwischenraum länger. Bis Harold Tommy irgendwann gar nicht mehr rausgelassen hatte.

Nach Harolds Tod hatte Tommy es eine ganze Zeit lang nicht gewagt, das Haus zu verlassen und schon gar nicht durch die Vorder- oder Hintertür. Harold hatte den Jungen dressiert wie einen Hund, dem man mit einem elektrischen Halsband das Bellen abgewöhnte. Auf eine äußerst grausame Art.

Tatsächlich hatte er ein solches Halsband besorgt und Tommy damit herumkriechen lassen. Jedes Mal, wenn der sich einem Bereich des Hauses genähert hatte, in dem Harold ihn nicht haben wollte, versetzte er ihm einen Stromstoß. Doch wenn Harold befahl, Tommy solle ihm während des abendlichen Fernsehens Chips und Bier bringen, musste der Junge trotzdem gehorchen. Zuckend unter den Stromstößen, die durchaus schmerzhaft waren, rannte er ins Zimmer, um das Gewünschte zu bringen – und den Tabu-Bereich so schnell wie möglich zu verlassen. So konditioniert hatte Tommy sich lieber einen Tunnel gegraben, statt eine dieser verbotenen Türen zu benutzen. Der Hunger hatte ihn schließlich nach draußen getrieben.

»Bis zum nächsten Mal«, verabschiedete Elias sich und winkte Tommy zu, der ihm mit trauriger Miene hinterherblickte und zurückwinkte. Dann nickte er der Pflegerin zu, die Tommys unglücklichen Gesichtsausdruck ebenfalls bemerkt hatte und Elias mit einer Geste signalisierte, dass er ruhig gehen konnte. Sie würde sich um Tommy kümmern. Elias kam nicht umhin, wieder einmal festzustellen, wie hübsch ihr Lächeln war. Doch obwohl sie bereits mehrere Flirtversuche unternommen hatte, war er nie darauf eingegangen.

Was in Elias' Haus geschehen war, hatte wochenlang für Schlagzeilen gesorgt. Während dieser Zeit campierte eine Pressehorde quasi vor seiner Haustür. Die neue Wendung in seinem Fall hatte tatsächlich dazu geführt, dass man die Anklage gegen ihn fallen ließ, und die Medien feierten Elias sogar wie einen Helden. Dieser war der Pressemeute zuerst aus dem Weg gegangen, doch dann hatte er dem lukrativen Angebot eines Fernsehsenders, der weitaus größer war als der, bei dem Elias angestellt war, nicht widerstehen können. Er hatte die Exklusivrechte an seiner Geschichte zu einem guten Preis verkauft und damit seinen Kredit ablösen können. Obendrein reichte das Geld dafür, ein paar Handwerker zu engagieren, die sich um jene Baustellen kümmerten, die Elias schwer selbst bewältigen konnte. Ganz langsam ebbte der Rummel ab und Normalität kehrte zurück in sein Leben.

Leider gehörte zu dieser Normalität auch, täglich am Bett einer Frau zu sitzen und deren Hand zu halten, die von dieser Zuwendung überhaupt nichts mitbekam. Zumindest war das die Meinung von Cathys Tante, ihrer nächsten lebenden Angehörigen, mit der Elias sich in den letzten Wochen vielfach auseinandergesetzt hatte. Er hatte sie davon abbringen können, ›Cathy den Stecker zu ziehen‹, wie sie es nannte. Jedoch erst, nachdem er ihr versprochen hatte, künftig für die Kosten aufzukommen, die Cathys Pflege verursachte. Das, fand Elias, war er Cathy schuldig, und auch, dass er sein Versprechen einhielt, sie jeden Tag zu besuchen. Und das tat er. Denn auch wenn die Ärzte ihm wenig Hoffnung machten, bestand so zumindest die geringe Chance, dass doch noch alles gut werden würde. Cathy hatte sein Leben gerettet. Damit, dass er ihres geraubt hatte, durfte die Geschichte einfach nicht enden …

Ende

Nachwort

Diesen Zwischenraum, nach dem ihr noch das Verlagsprogramm findet, möchte ich gern nutzen, um all den Verrückten zu danken, die mir geholfen haben, dieses Buchprojekt so schnell und nach meinen Wünschen umzusetzen. Die meisten, die sich damit angesprochen fühlen sollten, finden ihre Namen im Impressum, allen voran Melisa Schwermer, die ich maßgeblich dafür verantwortlich machen werde, wenn dir, lieber Leser, das Buch nicht gefallen hat. Immerhin wurde es von ihr lektoriert. ☺ Sollten noch Rechtschreibfehler durchgerutscht sein, werde ich mit dem Finger auf Simon Kossov und Silvia Vogt zeigen, denen das Korrektorat anvertraut wurde. ☺ Und wenn das ganze Buch floppt, werde ich Noah Fitz die Schuld zuweisen, der mich beriet, als es um die Covergestaltung ging. ☺ Schließlich ist die ansprechende Verpackung das Wichtigste – wen interessiert schon der Inhalt?

Sollte dieser Inhalt jedoch gefallen haben, nehme ich das Lob dafür sehr gern entgegen, am liebsten in Form von Fünf-Sterne-Bewertungen auf allen gängigen Plattformen.

Besonderer Dank geht auch an Moe Teratos, die mit mir eine Runde Ideen-Ping-Pong spielte, sowie an meinen Liebsten, Kurt, der die Vernachlässigung seiner Person während meiner heißen Schreibphase angemessen meckernd ertrug.

Zuletzt danke ich dir, lieber Leser, dafür, dass du diesem Buch deine Aufmerksamkeit geschenkt hast.

Stefanie Maucher

VERLAGSPROGRAMM

www.redrum-verlag.de

01 Candygirl: *Michael Merhi*
02 Lilith Töchter, Adams Söhne: *Georg Adamah*
03 Höllengeschichten: *Wolfgang Brunner*
04 Roadkill: *Alex Miller, Joe De Beer*
05 Bad Toys: *Anthologie*
06 Gone Mad: *A.C. Hurts*
07 Mindfucker: *Joe De Beer*
08 All Beauty Must Die: *A.C. Hurts*
09 Runaways: *Alexander Kühl*
10 Love Of My Life: *A.C. Hurts*
11 Klipp Klapp … und du bist tot!: *Mari März*
12 Carnivore: *A.C. Hurts*
13 Lyrica: *Jane Breslin*
14 Der Feigling: *Andreas März*
15 Kinderspiele: *Wolfgang Brunner*
16 Victima: *Sam Bennet*
17 Blutbrüder: *Simone Trojahn*
18 Fuck You All: *Inhonorus*
19 Cannibal Holidays: *Ralph D. Chains*
20 Kellerspiele: *Simone Trojahn*
21 Der Leichenficker: *Ethan Kink*
22 Lyrica – Exodus: *Jane Breslin*
23 Gone Mad 2: *A.C. Hurts*
24 Der Leichenkünstler: *Moe Teratos*
25 Wutrauschen: *Simone Trojahn*
26 Dort unten stirbst du: *Moe Teratos*
27 Fida: *Stefanie Maucher*
28 Die Sodom Lotterie: *Ralph D. Chains*

29 Streets Of Love: *Ralph D. Chains*
30 Er ist böse!: *Moe Teratos*
31 Franka: *Moe Teratos*
32 Melvins Blutcamp: *Dagny S. Dombois*
33 Frosttod: *Moe Teratos*
34 Franklin: *Stefanie Maucher*
35 Ratz 1 – Mordhaus: *Moe Teratos*
36 Hexentribunal: *Gerwalt Richardson*
37 Ratz 2 – Mordsucht: *Moe Teratos*
38 Voyeur: *Kati Winter*
39 Ratz 3 – Das Mordgesindel: *Moe Teratos*
40 Die Sünde in mir: *A.C. Hurts*
41 Ficktion: *Ralph D. Chains*
42 Das Kinderspiel: *Simone Trojahn*
43 Todesangst im Labyrinth: *A.C. Hurts*
44 Crossend: *Marvin Buchecker*
45 Mörderherz: *Simone Trojahn*
46 Daddy's Princess: *Simone Trojahn*
47 Doppelpack: *Moe Teratos*
48 Billy – Die Blutlinie: *Gerwalt Richardson*
49 Ratz 4 – Mordversprechen: *Moe Teratos*
50 Selina´s Way: *Simone Trojahn*
51 Infam: *André Wegmann*
52 Ratz 5 – Blutige Ketten: *Moe Teratos*
53 Sinnfinsternis: *Reyk Jorden*
54 Carnivore – Sweet Summer: *A.C. Hurts*
55 Der Schlächter: *Jacqueline Pawlowski*
56 Grandma: *Inhonorus*
57 Billy 2 – Les chants from hell: *Gerwalt Richardson*
58 Endstation Hölle: *Jean Rises*
59 Runaways 2: *Alexander Kühl*
60 Totentanz: *Moe Teratos*
61 Leichenexperimente: *Moe Teratos*
62 Folterpalast: *Gerwalt Richardson*
63 Scary Monsters: *Wolfgang Brunner*

64 Schwarze Mambo: *Baukowski*
65 14 Shades of Unicorns: *Anthologie*
66 Ratz 6 – Blutiger Augenblick: *Moe Teratos*
67 Rabenbruder: *Ralph D. Chains*
68 Rednecks: *Faye Hell, M.H. Steinmetz*
69 Bad Family: *Simone Trojahn*
70 Homali Sagina: *Marie Wigand*
71 Todsonne: *Simone Trojahn*
72 Albino Devil: *André Wegmann*
73 Sommertränen: *Simone Trojahn*
74 Über uns die Hölle: *Simon Lokarno*
75 Weil ich dich hasse: *Simone Trojahn*
76 Der Leichenficker 2: *Ethan Kink*
77 Marvin: *Moe Teratos*
78 Projekt Sodom: *Gerwalt Richardson*
79 Totes Land: *M.H. Steinmetz*
80 Road to Death – Fred Manson´s Story 1: *Simone Trojahn*
81 Road of Pain – Fred Manson´s Story 2: *Simone Trojahn*
82 Blood Season: *Anthologie*
83 Road´s End – Fred Manson´s Story 3: *Simone Trojahn*
84 Wo ist Emily?: *Andreas Laufhütte*
85 Fuchsstute: *Gerwalt Richardson*
86 Kaltes Lächeln: *Simone Trojahn*
87 Das Leben nach dem Sterben: *Simone Trojahn*
88 Paraphil: *Jacqueline Pawlowski*
89 Schicksalshäppchen 2 – Dark Menu: *Simone Trojahn*
90 Schicksalshäppchen 1: *Simone Trojahn*
91 Pro-Gen: *Wolfgang Brunner*
92 Selina´s Way 2: *Simone Trojahn*
93 Tunguska: *U.L. Brich*
94 Ratz 7 – Blutige Bestien: *Moe Teratos*
95 Ausgeliefert an das Böse: *A.C. Hurts*
96 Hof Gutenberg: *Andreas Laufhütte*
97 Bad Toys 2: *Anthologie*
98 Sam – Band 1 Die Jagd: *Gerwalt Richardson*

99 Sam – Band 2 Die Lust: *Gerwalt Richardson*
100 Geständnis 1: *Moe Teratos*
101 Geständnis 2: *Moe Teratos*
102 Moonshine Games: *Jutta Wölk*
103 Cannibal Holidays 2 - Reborn: *Ralph D. Chains*
104 Martyrium: *Baukowski*
105 Schaffenskrise: *Simone Trojahn*
106 Dschinn: *André Wegmann*
107 DOGS: *Andreas Laufhütte*
108 Vertusa: *Moe Teratos*
109 Der Teufelsmaler: *Gerwalt Richardson*
110 Cannibal Love: *Ralf Kor*
111 Leiser Tod: *Moe Teratos*
112 Der Kehlenschneider: *Moe Teratos*
113 Weltenbruch: *Moe Teratos*
114 Deep Space Dead: *Murray Blanchat*
115 Sam – Band 3 Der Preis: *Gerwalt Richardson*
116 Bull: *M.H. Steinmetz*
117 Giftiges Erbe: *Simone Trojahn*
118 Sinnfinsternis 2 – Diener des Chaos: *Reyk Jorden*
119 Leid und Schmerz: *Michael Merhi*
120 Die Sonne über dem südlichen Wendekreis: *Georg Adamah*
121 Die Anstalt der Toten: *Moe Teratos*
122 Pott-Mortem 1– Oktoberblut: *Andi Maas*
123 Snuff.net: *Jean Rises / Elli Wintersun*
124 Das Vermächtnis des Jeremiah Cross: *Andreas Laufhütte*
125 Insanes: *Gerwalt Richardson*
126 Alvaro: *A.C. Hurts*
127 Macimanito: *Ralf Kor*
128 Jelenas Schmerz: *Moe Teratos*
129 Once upon a Time in … Baukowski and Friends
130 Pott-Mortem 2 – Die Blutgruppe: *Andi Maas*
131 Hof Gutenberg 2: *Andreas Laufhütte*
132 Mutterfleisch: *Simone Trojahn*
133 Bärenblut: *U.L. Brich*

134 Spirituosa Sancta: *Baukowski*
135 Der Teufelsmaler 2: *Gerwalt Richardson*
136 House Of Pain: *Marco Maniac*
137 Engel des Todes: *Marc Prescher*
138 Schwarze Sau: *J. Mertens*
139 Drecksmutter: *Anais C. Miller*
140 Der Zwischenraum: *Stefanie Maucher*

REDRUM CUTS

01 Bizarr: *Baukowski*
02 50 Pieces for Grey: *A.M. Arimont*
03 Koma*: Kati Winter*
04 Rum und Ähre: *Baukowski*
05 Hexensaft: *Simone Trojahn*
06 Still Morbid*: Inhonorus*
07 Fuck You All - Novelle: *Inhonorus*
08 Das Flüstern des Teufels: *A.M. Arimont*
09 Kutná Hora: *André Wegmann*
10 Die Rotte: *U.L. Brich*
11 Blutwahn: *André Wegmann*
12 Helter Skelter Redux: *A.M. Arimont*
13 Badass Fiction*: Anthologie*
14 Bloody Pain: *Elli Wintersun*
15 In Flammen: *Stefanie Maucher*
16 Denn zum Fressen sind sie da: *A.C. Hurts*
17 Die Chronik der Weltenfresser: *Marvin Buchecker*
18 Psychoid: *Loni Littgenstein*
19 Geisteskrank: *Marc Prescher*
20 Sweet Little Bastard: *Emelie Pain*
21 Süchtig nach Sperma: *Marco Maniac*
22 Badass Fiction 2019*: Anthologie*
23 Human Monster: *Stephanie Bachmann*
24 Wut: *Alexander Wolf*

REDRUM
STEFANIE
MAUCHER
THRILLER

Moe Teratos
ER IST BÖSE!
THRILLER
REDRUM

A.C. HURTS
ROMAN
DIE SÜNDE IN MIR
REDRUM

ZUHAUSE SCHMECKT ES IMMER NOCH AM BESTEN!
SIMONE TROJAHN
MUTTERFLEISCH
HORROR
REDRUM

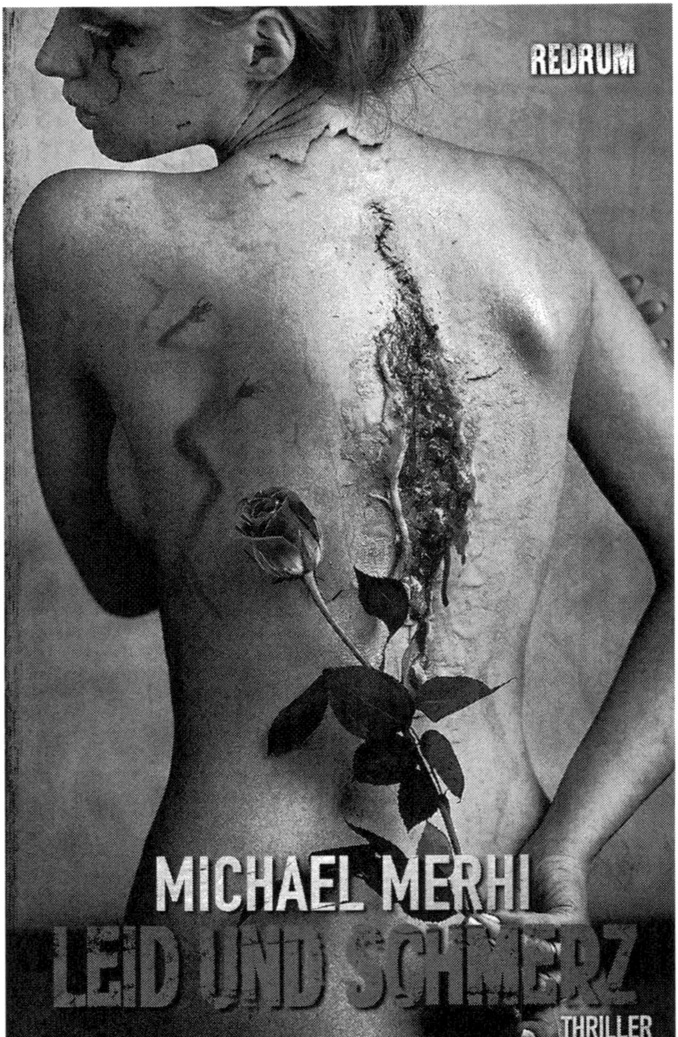
REDRUM
MICHAEL MERHI
LEID UND SCHMERZ
THRILLER

REDRUM loves you!

REDRUM liebt dich!

Printed in Poland
by Amazon Fulfillment
Poland Sp. z o.o., Wrocław

71314423R00157